Fan
ファン文庫

JN131145

手作り雑貨ゆうつづ堂

著　植原翠

マイナビ出版

CONTENTS

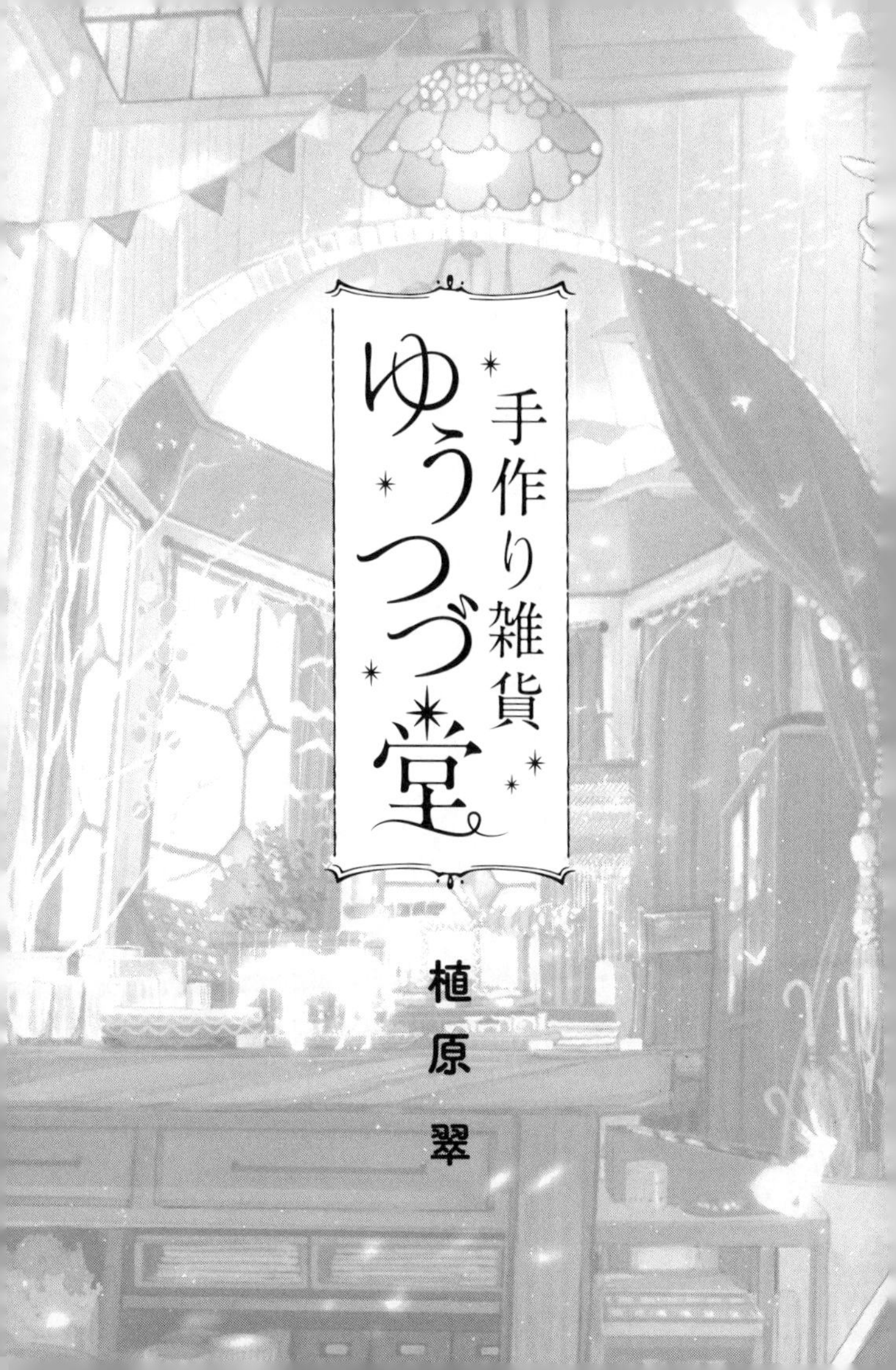

手作り雑貨 ゆうづ堂

植原 翠

Episode 1　白水晶の思い出

私のおばあちゃんはきっと、魔法使いだ。

「運っていうものは、まるで神様が初めに決めてしまったもののようだけどね。実はそんなことないの」

夕暮れ時、西の空が群青色に染まる頃。おばあちゃんは、めそめそ泣いていた私に、ゆっくりと語った。

「案外、自分で変えられちゃうものなのよ」

チャリ、と涼やかな音と共に、左の手のひらに冷たいものが触れる。私は顔を覆っていた反対の手を浮かせ、自身の手の中に目をやった。

手のひらの真ん中に、白い水晶のイヤーカフが載っている。石の下から垂れ下がる金色の猫形のチャームが、微《かす》かに振れる。

涙に濡れた目をぱちくりとさせていると、おばあちゃんの優しい声が降ってきた。

「それはね、幸運の石でできたイヤーカフよ。このイヤーカフは詩乃《しの》ちゃんのことを守ってくれるから、大切にしてね」

おばあちゃんがそっと私の手からイヤーカフを取った。そしてその手を私の顔の横に持っていき、そっと左の耳につける。頬に触れたおばあちゃんの手が、温かくて優しい。私の涙は、いつの間にか止まっていた。不思議だ。あんなに溢れて止められなかったのに。それより今は、このイヤーカフに心を摑まれて、おばあちゃんの優しい声に包まれて、むしろ心がほっとしている。ほんの一瞬で私の心を晴れさせてしまうなんて、まるで……。

目を上げると、おばあちゃんがふんわりと微笑んでいた。彼女の背には、白い木目の浮かぶ壁に、きれいに磨かれた窓。その向こう側に、昇ったばかりのいちばん星が輝いていた。そして私は、幼心に思うのだ。

おばあちゃんはきっと、魔法使いだ、と。

＊＊＊

小鳥の囀《さえず》る声で目を覚ます。いや、これは私が設定した携帯のアラーム音である。鳥の軽やかな歌声で目覚めたら心地よかろうと思って、昨日の夜、設定したのだ。

懐かしい夢を見た。おばあちゃんがイヤーカフをくれた日――たしか私が、小学校に上がったばかりの夏休みだった。田舎で雑貨店を営むおばあちゃんの家に、遊びに行ったときのことだ。

あの日はなんで泣いていたのだったか。たしか、たまたま機嫌が悪かった近所の犬に吠えられたか、買ったばかりのおもちゃが不良品で一瞬で壊れたか、カラスの糞でもくらったか……そんな内容だった気がするが、心当たりが多すぎて忘れてしまった。でも、あの日のおばあちゃんがすごく素敵に見えたのだけは、鮮明に覚えている。止まらなかった涙がぴたっと止まって、悲しい気持ちがきれいに消えたあの瞬間は、本当に、魔法をかけられたみたいだった。

ところで、あのイヤーカフはどこにいったのだろう。なにせ二十年近く前のことだ。とっくになくしてしまった。

そんなことを思い出しながら、枕元の携帯に手を伸ばす。画面に触れて時間を確認する。……はずだったが、画面は真っ黒なまま動かない。窓の外からは、スズメの声が聞こえる。寝起きの頭に疑問符が浮かぶ。電源ボタンを長押しすると、『充電してください』のメッセージとともにからっぽになった電池のアイコンが表示された。どうも、眠っている間に携帯の充電ケーブルに触って外してしまい、充電ができていなかったみたいだ。しかしおかしい、先程私はたしかに、アラーム音を聞いたはず。

そこまで考えて、突然覚醒した。布団から飛び起きて、壁かけ時計を見る。

「嘘っ、遅刻する！」

どうやら私は電池切れの携帯の代わりに、本物のスズメの声で起床したみたいだ。当然、アラームを予約した時間ではない。ベッドから転がり出て、大慌てで着替えて、雑なメイクだけして、アパートを飛び出した。

「もう……なんで私はいつもこうなのかなあ！」

真夏の朝の少しだけ涼しい道を、髪を括《くく》りながら駆け抜ける。街路樹から蟬《せみ》の声が降ってきて、なんだか余計に焦りが増幅した。

寝相で携帯の充電器を外してしまうとは、私自身も想像していなかった。汗で指にまとわりつく髪の毛を束ねていると、突然、ヘアゴムがパチンと音を立てて私の指から弾け飛んだ。思わず絶句する。まだ新品だったのに、ここで切れるなんて。仕方ないので、髪がぼさぼさのまま走る。

通勤に使う駅に着くと、一旦息を整えて柱の時計を確認した。時刻は八時三十分、会社に遅刻せずに行ける電車が来る、ぎりぎりの時間だった。よかった、間に合った……と思ったのも束《つか》の間、今度はなかなか電車が来ない。アナウンスが告げる「十五分の遅延」に、私は膝から崩れ落ちそうになった。

私、夏凪《なつなぎ》詩乃は、どうにも運が悪い。たぶん、幸運の女神から見放されている。

寝ている間に携帯の充電器は外してしまうし、ヘアゴムは切れるし、せっかく間に合う時間に駅に着いても電車が遅延して結果的に遅刻する。なにが恐ろしいって、これが日常茶飯事なことである。しかも、子供の頃から。きっと私は一生、この不運体質と付き合っていくのだろう。

改札の出口で配られていた遅延証明書をもらって、会社に向かってもうひとっ走りする。職場は、誰もが知っている大手雑貨メーカーである。それも、私がいちばん憧れていた商品開発部。内定をもらったとき、私は初めて自分を幸運だと思ったものだった。

オフィスに滑り込んでタイムカードを押して、自分のデスクのある商品開発部の島へと駆けつける。

「すみません、遅くなりまし……」

しかし、島には誰もいない。呆然とする私に、隣の部署の課長が言った。

「夏凪さん、おはよう。開発部さん、朝から緊急会議で会議室に行ったよ。部長すっごくいらいらしてたなあ」

その間延びした声に、私の汗は走った汗から焦燥の汗に変わった。さらに重なる不運。まさかの突然の会議。部長の不機嫌。

「教えてくださってありがとうございます」

隣の部署の課長に一礼して、私は上の階の会議室へとまた走った。会議室の扉をノックして、おずおずと押し開ける。

「失礼します」

「遅い！」

まず真っ先に、部長の怒声が耳を劈《つんざ》いた。私は慌てて頭を下げる。

「すみません！　電車が遅延して……」

「言い訳は聞いてない。早く座れ」

こうなった部長は、誰にも手をつけられない。私は遅延証明書を握り締め、いちばん端の椅子に腰を下ろした。部署の先輩たち十名程度が、私を不憫《ふびん》そうに見つめている。

司会進行を務めていた課長が、やりづらそうに咳払いをする。

「ええ、では議題に戻ります。昨日の二十一時頃に入った、ポーチのファスナーの不具合についてのクレームで……」

緊急会議の議題は、新商品のポーチの件らしい。昨晩クレームが入り、クレーム係とうちの課の当直が対応に追われたのだという。どきりとした。私も、そのポーチの開発チームに入っている。入ってはいるが、事務処理しかさせてもらっておらず、作ったのは先輩たちだ。というのも、私は念願の商品開発部に配属されたものの、入社から二年経った今も、まだひとつも雑貨を作らせてもらっていないのだ。早く認めてもらえるように、事務処理、部署の掃除やお茶汲み、繁忙期は遅くまで残業し、休日出勤までして努力を重ねているのだけれど。

部長が鬼の形相で会議を締める。

「開発チームは顚末書《てんまつしょ》を提出するように。以上」

解散の合図のあと、部長は椅子を蹴る勢いで立ち上がって会議室を出て行った。残された部署のメンバーは、気まずい空気の中、ぱらぱらと椅子を立って部長のあとに続いていく。私も縮こまりながら立ち上がると、ふいに、横から声をかけられた。

「ねえ、夏凪さん」

同じ部署の先輩である。営業課から異動してきた先輩で、今回のポーチの開発チームにも入っている。

「悪いんだけどさ、顚末書、書いておいてくれない？　俺、今週忙しくてさ。他のメンバーも案件抱えてるし……」

正直、「なんで私が」と思った。でも、なんでもなにも、他のメンバーが忙しいからだ。いちばん後輩の私には抱える案件がなくて、暇そうに見えるから。

「わかりました」

そう返事するしかない。

こういうのも、今回に限った話ではない。私は下っ端だから仕方ない、と割り切るしかない。デスクに戻ってパソコンを立ち上げ、作業に入る。日常業務を淡々とこなし、増えた仕事を片付け、合間の時間で顚末書を作成する。電話が鳴れば取る。基本、部署の人たちは私以外電話を取らない。他部署から大量のチラシが来て、ポスティングの手伝いに駆り出される。オフィスに帰ってきたら部長に呼ばれて、コーヒーを出せと要求される。また席について、パソコンのディスプレイと向き合う。

あっという間に一日が終わり、気づけば夕方だ。私はまだ、顚末書を書いていた。

パチパチと響くタイピング音を聞いていると、妙に悲しくなってきた。今日は記録的な不運デーだった。まず携帯の充電器が外れていた、ヘアゴムが切れた、電車が遅延した、知らないうちに会議が始まっていた。電車の遅延証明書も、結局受け取ってもらえなかった。だめだ、不運を数えはじめたら余計に気分が落ち込む。

顚末書に出てくるポーチは、数回しか実物を見ていない。開発チームに入っているのだから、もっと開発に携わりたかった。私はひとつため息をついて、宙を仰いだ。ぼんやりと、今朝の夢を思い出す。おばあちゃんが、私にイヤーカフをくれた夢。

雑貨を作るのは、小さい頃からの夢だった。おばあちゃんが営む手作り雑貨のお店が、すごく好きだったからだ。夏休みに遊びに行ったあの店は、今でも私の記憶に焼きついている。おとぎ話に出てくる一軒屋みたいな、白い楡《にれ》の壁に夜空色の屋根、お店の中はおばあちゃんの作ったかわいい雑貨やアクセサリー、文房具がいっぱいあった。私もおばあちゃんのように、想いを込めた雑貨を作ってみたい——思えば、それが私の、この会社への志望動機だった。

雑貨を作りたくてこの会社に入って、商品開発部を熱望したのに、そして夢が叶ってここに配属されたのに、現実はこれだ。残業と休日出勤が多いそこそこのブラック企業だし、つまらない仕事しかしていない。いや、事務仕事も大事なのはわかる。でも私は先輩たちみたいに、おばあちゃんみたいに、お客さんに直接届く商品を作りたかった。そのためにここに来た。だというのに、この実態はなんなのか。これも私の運の悪さゆえか。

そう思った途端、私の中でなにか、糸のようなものが切れた感じがした。

パチ、とエンターキーを押す。顛末書が完成した。ひと息ついて、私は姿勢を崩す。

そして私は検索エンジンを開いて『退職届　書き方』と打ち込んだ。

＊　＊　＊

そんなことがあったのが、今から約二週間前。現在私は、住まいから新幹線で三時間プラス、電車で一時間の、海沿いの小さな町にやってきている。子供の頃に数回だけ来た、おばあちゃんの店がある町だ。

高い建物がない静かな町並みに、ほんのりと潮の香りが漂っている。出発駅よりも蟬の声が大きく聞こえる。寂れた無人駅から見た景色に、私は小さくひとりごちた。

「あんまり変わってないな……」

衝動的に退職してしまったことは、うっすらとした後悔に苛《さいな》まれている。実家に電話したら両親から「なぜ相談もなしに」と叱られ、特に母からは、「勢いで行動しちゃうところ、おばあちゃんそっくり」と変にがっかりされた。私自身、早計だったかもと悔やんでいる。もう少し我慢していれば、開発の仕事をさせてもらえたかもしれない。とはいえ、あの職場は遅かれ早かれ辞めていた気もする。

過ぎたことを悔やんでも仕方ない。それより今直面している問題は、次の仕事が決まっていないことだ。ひとまず、残っていた有給休暇を消化しながらアパートに籠《こも》り、転職サイトを眺めてみたが、どうもぴんとくる出会いがない。高望みしているつもりはないが、前の会社のときと同じ過ちは繰り返したくないから、慎重にはなる。そうやって求人情報の山とにらめっこしていても、考えは煮詰まるばかりだった。

そこで私は、気分転換に遠くへ出かけようと思い立った。行き先は、自分の原点。おばあちゃんのお店のある、この町を選んだ。そうして今に至るのである。

昼前くらいに出発したのだが、新幹線と電車の遅延や切符が風に吹き飛ばされるアクシデントなどが重なって、予定の二倍近く時間がかかってしまった。おかげで到着したのは、だいぶ日が傾いた夕方六時近くである。こういうときにも遺憾なく発揮される自分の不運体質には、我ながらうんざりする。

お店の場所は、地図を確かめなくても不思議と覚えていた。駅から海の方に向かって、まっすぐ進む。水平線が見える通りに出たら、カラフルなインターロッキングの道を左に向かって歩いていく。するとほんの十分前後で、懐かしい白い建物が見えてくる。緑に囲まれたレトロな外観。夜空色の屋根の下に掲げられた古びた看板。

『手作り雑貨・ゆうつづ堂』

建物を埋めてしまいそうなほど生い茂る庭木が、さわさわと揺れる。微かに届くさざなみの音、蟬の声、潮の匂いと、少し青く染まりかけたグラデーションの夕焼け空が、私の感覚を埋め尽くす。

魔法使いの住む家みたいだ、と、私は口の中で呟《つぶや》いた。無論、魔法使いの家など見たことはないが、そういうイメージなのだ。そういえば、幼い頃にここへ来たときも、同じ感想を抱いた記憶がある。

と、店の扉が開いた。中から顔を出すのは、子供の頃以来の懐かしいあの人。はたと目が合うと、彼女はぱあっと無邪気な笑顔を咲かせた。

「詩乃ちゃん！」

「おばあちゃん、久しぶり！」

夏凪叶子《かなこ》。私の、母方の祖母である。おばあちゃんは子犬のような勢いで私の方へ駆け寄ってきた。

「まあまあ、こんなに大きくなって！　もうすっかりきれいな大人の女性ね。でも不思議、ひと目で詩乃ちゃんだってわかったわ」

おばあちゃんの白いロングスカートと、屋根と同じ夜空色のエプロンが、ふわふわと風に靡《なび》く。胸元には、青みがかった緑色の石と、虹色に艶めく白い石がついたペンダントが輝いている。

「遅くなるって連絡があって、心配してたのよ。そわそわして何度もお店の外を覗いちゃったわ。もういよいよ駅まで迎えに行こうかと思ったところだったの」

「えへへ、ごめん。なんかいろいろあってこんな時間に」

「でも、無事に着いてよかったわ」

無邪気に笑う顔は、おばあちゃんなのに少女のよう。最後に会った日からあまり変わっていない、相変わらず年齢を感じさせないきれいな人だ。ただ、いつの間にか私の方が彼女の身長を抜いていて、当時よりもずっと小さく見えた。

私は来た道を振り返り、夕日に目を細めた。

「この辺、全然変わってないね。子供の頃のまんまで、懐かしいな」

「あら、これでも最近は再開発が進んで、おしゃれなお店が増えてるのよ。新しい大きな施設ができるって話もあるのよ」

おばあちゃんが無邪気に話す。もう十年以上も会っていないのに、なぜかあまり心の距離を感じない。彼女の人懐っこい笑顔のせいだろうか。おばあちゃんは、店の扉を大きく開けた。

「お仕事のこと、大変だったわね。今日は気持ちを切り替えて、リフレッシュしていくといいわ。さあ、お店に入って。お茶を出すわ」

私はありがとうと会釈して、店の敷居を跨《また》いだ。

久しぶりに入った店内に、私は思わず感嘆のため息を漏らした。狭い店内にぽちぽちと並んだ、小物の数々。入って真っ先に目に入る木製のテーブルには、平置きされたカラフルな石のブレスレットや髪飾り、店の中心の棚にペン等の文房具に、マグカップ。さらに奥の棚には小物入れとそれに似合う置物が並び、いちばん奥にはおばあちゃんがいつもいたレジカウンターがある。天井から吊り下がるステンドグラスと石のオーナメントが、僅かな空気の流れに合わせてくるくると回る。色とりどりの雑貨は白い壁に映えて、どこか幻想的な宝箱のような空間を生み出している。

「懐かしい！　何年ぶりかな」

「そうね。最後に来てくれたのは、詩乃ちゃんが小学校に上がった年の夏かしら」

「じゃあここに来るのは、ええと……十八年ぶり!?」

訪れてみると、いろんなことを鮮明に思い出してきた。小学校に上がる前までは、お母さんに連れられて毎夏ここへ来た。私はお店の中で自由に遊ばせてもらって、お母さんはおばあちゃんに近況を報告しながら、お店の手伝いをしていた。

私は店の棚からひとつ、ストラップを手に取った。きれいな青い石が中心にあって、その下にきらりと煌めく魚のモチーフがぶら下がっている。

おばあちゃんの趣味なのか、この店の雑貨は全て、生き物のモチーフで揃えられている。そしてなにより特徴的なのは、どの雑貨にも天然石、いわゆるパワーストーンがあしらわれていることだ。この魚のストラップも、メインに使われている青い石はなんらかのパワーストーンなのである。私の知識ではなんの石なのかさっぱりだが、それでも、おばあちゃんのこだわりを感じる雑貨たちは、すごく魅力的だ。

おばあちゃんの背中がレジカウンターに入っていく。私は彼女の背中を目で追い、そしてレジ横に置かれたものを見て、つい大声を上げた。

「あ！　このイヤーカフ！」

そこにあったのは、白い水晶で飾られたイヤーカフだった。金色の猫のチャームがついていて、店の照明を浴びてきらきらと輝いている。間違いない、これは私が、十八年前におばあちゃんからもらったイヤーカフだ。

「ここにあったんだ！　なくしちゃったと思って諦めてたんだよ」

「覚えてたのね、よかった」

おばあちゃんがふわっと微笑む。

「大人用のサイズだから、子供の詩乃ちゃんの耳には大きすぎちゃったのよね。帰りがけに落としていったのよ」

「気づいてたんなら教えてよ！」

「帰っちゃったあとに気づいたんだもの」

「だとしても連絡してよ！」

「うふふ、ごめんごめん」

吠える私におばあちゃんはいたずらっぽく笑い、イヤーカフを手に取った。そして私の左耳に、そっとつける。

「詩乃ちゃんが次に来るときに覚えてたら、返してあげようって。こうしてここに飾ってたの」

チャリ、と猫のチャームが揺れる。このチャームもイヤーカフも、おばあちゃんの手作りだ。パワーストーンと動物のモチーフを組み合わせるのが、おばあちゃん流である。

「待ってたのに、次の年から詩乃ちゃん来てくれないんだもの。寂しかったわ」

「私も寂しかったよ。たしか、二年生からピアノ教室に行きはじめて、そっちを優先したんだったかな」

口に出してみて、またひとつ記憶が蘇る。私は本当は、ピアノの練習があまり好きではなかった。ピアノ教室よりもおばあちゃんのところに、この店の方に行きたいというのが本音だった。それでも私は、ピアノを言い訳に使った。

おばあちゃんが苦笑する。

「そのまま十八年よ？　私もイヤーカフも、ずっと詩乃ちゃんのこと待ってたんだから」

イヤーカフも待っていた、という言い回しが、なんだか独特でちょっと引っかかる。

けれどおばあちゃんは、そういう人だ。

「このイヤーカフの石は、白水晶。これがあれば詩乃ちゃんの不運なんて幸運に変わっちゃうんだから」

目を輝かせて語るおばあちゃんに、私はうんうんと頷《うなず》く。

「そっかあ、すごいね」

内心、「始まった」と身構えた。おばあちゃんの目がみるみる輝きを増す。

「特にパワーストーンは、耳につけると幸運を引き寄せると言われているの。それにほら、猫のモチーフ！　猫はいろんな国で、幸運の象徴とされてるのよ。つまりこのイヤーカフは幸運のお守りの能力三段重ね！」

「そ、そうなんだ……さすがおばあちゃん、詳しいね」

いきいきと語るおばあちゃんに、私は引きつった笑顔で圧倒されるばかりだ。

これも、おばあちゃんが変わり者たるゆえんのひとつだ。パワーストーンやらお守りやら、そういう非現実的なものが大好きで、語りだすと止まらない。

私の顔に苦笑いが滲《にじ》み出ていたのだろう、おばあちゃんはちょっとむくれた。

「あら、さては信じてないでしょ」

「まあ……」

パワーストーンという概念は、知っている。身につけるとなにかしらの効果があると言われる、お守りだ。でも石は結局ただの色のついた鉱石でしかなくて、効果なんて気休めだと思う。このイヤーカフで私の不運が解決したら、そんなに楽なことはない。

「もちろん、石の力だけでなんとかなるわけじゃない。石は持ち主の心のエネルギーに共鳴して、力を貸してくれるもの。石に頼りきりじゃだめよ。実際、つけてみたらわかるわ」

おばあちゃんはそう言って、自身の胸に下がったペンダントを指でつまんだ。

「これもパワーストーンのペンダントなのよ」

「それ、きれいだよね。これもおばあちゃんが作ったの？」

「ううん、おじいちゃんが海外を旅していたとき、現地の職人の指導を受けて作ったものよ。エメラルドとオパールなの。身につけてるだけで、力が湧いてくる気がするわ」

おばあちゃんが両手を拳にして小さく上下させる。パワーストーンのペンダントで力が湧いてくるなど、気のせいだと思う……が、口にはしないでおいた。

おばあちゃんはレジカウンターの向こうの暖簾《のれん》に手の甲をかざした。

「奥でお茶を淹れてくるわ。詩乃ちゃんはここで待ってて」

暖簾を潜《くぐ》ろうとして、急に立ち止まる。それから斜め上、自身の頭くらいの高さに視線を動かし、虚空に向かって微笑む。そのまま目線を泳がせて空中を見渡し、なにもない上空に手を伸ばしたり、つつくような仕草をしたりする。小さな声でなにかを呟く。私は彼女の動きを見つめ、口の中で「なるほど」と呟いた。なるほど、大人になってから見ると、たしかに彼女は〝変な人〟だ。

それこそ十八年以上前から、おばあちゃんはこういう人だった。モノを擬人化したような妙な言い回しをする癖があり、変な動きをするし、誰かに話しかけるようなひとりごとも言う。まるで彼女にしか見えないなにかが、近くにいるかのように。

私は幼かったからたいして気にも留めていなかったが、お母さんは正直、おばあちゃんのこういうところが苦手なようだった。「悪い人ではないのだけど」と、疲れた顔でため息をついていたのを覚えている。思えばおばあちゃんは、お母さんに限らず、親戚じゅうから変人扱いされていた。ゆえに、お母さんは幼い私をあまりおばあちゃんと会わせたくなかったらしく、毎年の訪問を億劫《おっくう》そうにしていたのだった。私がピアノ教室を優先した本当の理由は、これだ。お母さんのこの気持ちを感じ取って、空気を読んだのである。でも私自身はおばあちゃんが大好きだったから、この決断は断腸の思いだった。

おばあちゃんは宙を仰いでなにか呟き、暖簾の向こうへ消えていった。私は無人になったカウンターの向こうで、む、と喉を鳴らした。子供の頃は、おばあちゃんの妙な言動を「面白い人だ」と感じた程度だった。だが今思うと、お母さんが困った顔をするのも頷ける。だからといって、嫌いにはなれないが。

私は耳からイヤーカフを外して、手の中で見つめた。白水晶は相変わらず美しく透き通っていて、店の照明できらきらと光る。まるで、夜空に煌めく星みたい。

もう一度、イヤーカフを耳につける。このひんやりとした感触と微かな重みが、なんだか心地いい。

「懐かしいなあ。おばあちゃん、カウンターの中入ってもいい？」

おばあちゃんが消えた暖簾の向こうに、大きめの声で問う。

「どうぞ。待っててね、すぐにお茶入るから」

軽やかな答えが返ってくる。私はうきうきと、カウンターへと入った。やはり小さい頃に見た景色と同じで、同じだけれど目線の高さや私の人生経験の量で、あの頃とは違って見えてくる。宝の山みたいに感じていた店は、今見ると意外と小さいし、商品も少ない。

「品数、こんなに少なかったかなあ」

呟いたのが聞こえたらしく、おばあちゃんの返事があった。

「今はね、もう新しいものを作ってないのよ」

「そうなの？」

「ええ。このお店、もう閉めるつもりだから」

「え⁉　なにそれ、聞いてない！」

突然の衝撃の告白に、私は素っ頓狂な声を出した。おばあちゃんの笑い声がする。

「言ってないもの。この夏が終わるのと同時に、お店ももうおしまい。私も、こんな田舎じゃなくてもっと都会の便利な場所へ引っ越すつもりなの。うふ、いいでしょ」

「なんで閉めちゃうの⁉」

「こんなお店、はやらないの。来てくれるのはお馴染みの常連さんが数人だけ。私も歳をとってカウンターに立ってるのがつらくなってきたし、ひと区切りつけたくなったのよ」

とても軽やかな口調で、悲しい現実を告げられた。私は暖簾で見えないおばあちゃんの方に顔を向けて、返す言葉を考えていた。

子供の頃大好きだったこの店が、なくなってしまう。こんなことなら、お母さんに気を遣ったりせず毎年来ておけばよかった。まだ閉めないで、と言いかけたが、おばあちゃんも熟考しての決断なのだろう。

「そっか……」

結局、それしか言えなかった。私には、受け入れるほかない。逆に、最後の最後、閉まる前にこの店に再来できたことは、不運な私にはありえないほどの奇跡だ。今この店にいられることを、噛み締めておこう。

背後の暖簾の先から、カチャカチャと食器の音がする。これも懐かしい、おばあちゃんが紅茶を淹れる準備をしている音だ。そういえばおばあちゃんは、紅茶が好きな人だった。あの暖簾の奥には、おばあちゃんの自宅がある。おばあちゃんひとりで暮らすには少し広い、キッチンと寝室と工房のある家だ。

工房は、五歳くらいのときに一度だけ入らせてもらったことがある。鉱物の詰まった引き出しがあって、布があって毛糸があってビーズがあってステンドグラス用のガラス板があってろくろがあって絵の具もある、とにかく混沌《こんとん》とした部屋だった。ハンドメイドでなんでも作ってしまうおばあちゃんは、ものすごく多趣味で、あらゆる分野に手を伸ばしている。

当時の私は、ガラスを削るグラインダーを興味本位で触ろうとしておばあちゃんに止められた。以来、工房は危険なものだらけだから、もう入らないようにと約束したのだった。

そういえばほかにも、おばあちゃんが触らせてくれないものがあった気がする。店に並ぶ雑貨もアクセサリーも触らせてくれたのに、なぜかひとつ、触ってはいけなかったもの。なんだっただろうか。

なんて思い起こしていると、おばあちゃんの声が飛んできた。

「いっけない！　お茶菓子の用意、すっかり忘れてたわ！」

それからパタパタ足音がして、おばあちゃんが暖簾の向こうから飛び出してくる。

「ちょっと待っててね、すぐに買ってくるわ」

「えっ、わざわざ今から？」

驚く私を尻目に、おばあちゃんがちょこちょこと駆けて行く。

「だって詩乃ちゃんが来るの楽しみで、いちばんお気に入りの紅茶を用意したのよ？　お向かいの焼き菓子屋さんのマドレーヌ。焼きたての。絶対これ」

私がお使いに行こうか、と提案するより先に、おばあちゃんは店の扉を押し開けて、エプロン姿のまま飛び出していく。

「詩乃ちゃん、悪いんだけどお客さんが来たら応対しておいてくれる？　すぐ戻るから大丈夫だとは思うけど！」

そう言い残して、おばあちゃんは店の扉を閉めた。残された私は、しばらくぽかんとして棒立ちになった。おばあちゃんは「こうと決めたら一直線」なところがある。物腰は柔らかいけれど意外と頑固で自由人なので、こうやって振り回されることも多い。こんなだから余計に、変わり者だと思われるのかもしれない。

私はひとまず、カウンターの中を見回した。上にあるのは古いレジと小さなカレンダー、お客さんからは見えないレジの下には、持ち帰り用の袋やラッピング用の包み紙、リボンなんかがびっしり詰まっている。

と、その中に、私は一冊の本が突っ込まれているのを見つけた。群青色の背表紙に、金色の文字でなにやら異国の文字が刻まれている。それを見るなり、とっくに封印されていた記憶がひとつ、呼び覚まされた。

「そうだ、これだ！」

おばあちゃんが触らせてくれなかった、もうひとつのもの。思い出した、この本だ。

私は衝動的に、その背表紙に指を引っかけた。引き抜くと、結構分厚くて重い。温もりのある柔らかな手触りの布表紙で、表紙にも背表紙と同じ金色の題字が綴られていた。ぱらぱらと捲《めく》ってみる。中身はどうやら、鉱物の図鑑のようだった。写真ではなく写実的な絵が差し込まれていて、表紙と同じ見たことのない言語で解説が書かれている。

そして驚いたことに、全部手書きだ。紙も黄ばんで端の方は弱くなっている、でもその傷みがレトロな風合いを生み出し、より私を惹きつける。なんて書いてあるのかはわからないが、きれいな本だ。

しかしいざ見てみると謎は深まった。おばあちゃんはなぜ、この本を私に触らせなかったのだろう。たしかにずっしりしていて子供が持つには重いかもしれないが、そんなに危険なものでもない気がする。

ページを捲っていると、あれ、と目を疑う瞬間があった。白っぽい石の絵が描かれた、とあるページだ。

『白水晶（石英《せきえい》、クォーツ、ロッククリスタル）原産地・ブラジル、中国』

「……ん？」

見たことのない文字なのに、なぜかするっと、意味が頭に入ってきた。

『石言葉・純粋、万物の調和、繁栄。無色透明の水晶を白水晶と呼ぶこともある。あらゆる力の宿る、パワーストーンの王。邪気を清め、ネガティブな思考を退ける』

首を傾げ、ほかのページも捲る。ルビーやパールなど、どれもするすると解読できた。これはいったい、どういう現象だろう。一旦本から目を上げて、ひと息つく。と、カウンターのレジの横に、小さな白いものが目に入った。

最初は、大福が置いてあるのかと思った。白くて丸くて、手のひらサイズである。でも、耳も顔もある。猫のぬいぐるみ、だろうか。透き通るような白い体毛に包まれた獣である。たぶん猫だが、それにしては体がタヌキみたいにずんぐりしているし、尻尾も同じく太くて丸い。

おばあちゃんが作ったぬいぐるみだろう。でも、こんなところに置いてあっただろうか。私はおもむろに手を伸ばし、その猫の体をひょいとつまんだ。

途端に、猫の体がぶわっと膨らんだ。

「ぎゃっ！　おい、離せ！」

「うわ！」

思わず肩を強ばらせ、私は周囲を見回した。なんだか声がしたが、私のほかに誰もいないはずだ。しかし視野を広げてみて、私はさらに驚かされた。

店内のあちこちに、〝なにか〟がいる。空中を漂うカラフルな魚、棚に集う小さなウサギやリス。マグカップから顔を覗かせる小さなクマ、小物入れの飾りにとまる小鳥。どれもうっすらと透けていて、でもたしかに色があり、動いている。

私は呆然と立ち尽くし、絶句していた。つい先程までは、こんなのは見えなかった。小さい頃に見たままの、おばあちゃんの店だった。それがいつの間に、こんな不思議な空間になったのか。夢でも見ているのだろうか。

固まっていると、またもや猫のぬいぐるみが暴れた。

「おい、聞いてんのか！　離せって！」

声ははっきりと、私の耳に届いてくる。幼い少年っぽい、舌ったらずな甘い声だ。まさか、まさかとは思うが。私は自身の指につままれた猫に、目を戻した。

「ぬいぐるみが喋ってる」

「ぬいぐるみじゃねえよ！　見りゃあわかるだろ。本っ当にバカだな、あんた」

かわいらしい声だが、びっくりするほど態度が悪い。

「な、なんなの君は……」

「なんなのもなにも、本は最初のページから読むもんだろ」

「本？　これのこと？」

私は猫をカウンターに下ろして、放置していた本に触れた。表紙を開いて最初のページを見ると、真ん中に例の異国の文字でこう書かれていた。

『鉱石辞典――この書に触れし者に、石の精霊の力を授ける』

「石の、精霊？」

なにがなんだか、話がさっぱり見えてこない。

と、そこへ、店の扉がキイと軋《きし》んだ音を立てた。おばあちゃんが帰ってきたのかと、顔を上げる。

「おばあちゃん！　このヘンテコな猫はなに!?　おばあちゃんにはこの変な透明の生き物たちが見えてるの!?」

しかし問いかけてから、扉を開けたのがおばあちゃんではなかったことに気づいた。

小学校中学年くらいの、小さな男の子がいる。なにより驚いたのは、その容姿だった。長い睫毛《まつげ》にぱっちりした緑色の瞳に、きらきら透き通る白い髪、肌にもやけに透明感がある。白い襟付きシャツと朽ち葉色のサスペンダーパンツからは、どことなく品の良さが漂う。直感的に、〝人間じゃない〟気がした。なぜそう感じたのかは自分でもわからない。ただ、「お客さん」と思うより先に、未知との邂逅だと直感したのだ。

その少年が、おずおずと口を開く。

「し、詩乃、さん」

どうやら私を知っているみたいだ。当惑する私に、彼は続けた。

「詩乃さん、来てください。叶子さんが……あなたのおばあさんが、今、外で、事故に……」

それを聞いて、私は一旦、頭の中にあった全ての疑問を放り出した。弾かれたようにカウンターを飛び出して、店の透明の生き物たちを貫いて、少年のいる扉へと駆けつける。

「おばあちゃん！」

店の外へ転がり出ると、庭先で倒れるおばあちゃんの姿を見つけた。彼女が伸ばす指先の数センチ先には、焼き菓子の紙袋が落ちている。

「やだ、おばあちゃん、おばあちゃん！」

おばあちゃんの横に膝をつき、背中に手を置く。頭の中が真っ白になった。私のせいだ。おばあちゃんは私のために焼き菓子を買いに行って、事故に遭ったのだ。私はなんて不運なのだろう。久しぶりに会ったおばあちゃんが、こんなことになるなんて。私の不運に、おばあちゃんを巻き込んでしまうなんて。がたがたと震える私の肩で、おい、と声がした。

「なにやってんだよ。救急車を呼べ！」

声の方を見ると、肩の上に先程の白い猫がいた。その声で我に返り、私はポケットから携帯を出した。

＊　＊　＊

それから数分後。

「もう、大袈裟なんだから。ちょっと転んじゃっただけよ」

町でいちばん大きな病院の一室。病室のベッドに寝かされたおばあちゃんは、面映《おもはゆ》げに苦笑した。そのベッドの横で、私は大きくうなだれる。

「大袈裟じゃないでしょ。実際、足首の骨を折ってたんだから」

「うふふ、だめねえ。年甲斐もなくスキップなんてしたからいけなかったのね」

おばあちゃんは、私が来たのとイヤーカフを覚えていたことと、お気に入りの紅茶をおいしいマドレーヌと共にいただけることに浮き立ってしまったらしい。跳ねているうちに足を捻って、転んだのだという。これが事故の真相だ。これから二週間程度、治療とリハビリのために入院するという。ただ、歳なので治りが遅く、入院期間が延びる可能性は高そうだった。

おばあちゃんは頬に手を添えてため息をついた。

「残念だわ。せっかく紅茶を淹れたのに……マドレーヌもお店の前に置いてきちゃった」

「まあ、命に別状がなくてよかったよ。この子がすぐに私を呼んでくれたから、急いで駆けつけられた」

私は自身の脇にいる小さな男の子に目線を向けた。救急車に乗ったときは、気が動転していて全然気にかけていなかったのだが、気がついたらこの子も一緒についてきていた。

改めて見ても、不思議な少年だ。瞳は草原のようなエメラルドグリーンで、髪は光を受けて七色の艶を浮かべる。端整な顔立ちと華奢な脚で、絵画のように美しい。

彼を眺めていると、少年のポケットからぴょこっと、白い猫が顔を出した。

「なにが『駆けつけられた』だ。駆けつけたところでおろおろするだけで、なんもできなかったくせに」

猫がふんと鼻を鳴らし、少年の身を軽やかに登り、彼の肩で丸くなった。

「俺が声をかけてやって、初めて使い物になったんじゃねえか。感謝しろよな」

「それはそのとおりだけど。なんなの、その尊大な態度は」

そして改めて、疑問が浮かぶ。この子たちはいったい、何者なのだろう。おばあちゃんの件でいっぱいいっぱいになっていたが、そういえばさっきから変なものが見えている。

おばあちゃんが布団の中でため息をついた。

「詩乃ちゃん。あなた、『鉱石辞典』を開いたわね？」

「あ……あの、青い表紙の本？」

「まったくもう。小さい頃に教えたでしょ、あれに触っちゃだめだって」

おばあちゃんは肩を竦《すく》め、細く痩せた腕を伸ばした。そして、少年の白い髪を撫でる。

「この子はユウ。お店の名前の『ゆうつづ堂』からとって、ユウって名前にしたの」

それからおばあちゃんは、反対の手で自身の胸のペンダントに触れた。

「ユウはこのペンダント、エメラルドとオパールの精霊よ」

「……へ？」

おばあちゃんがなにを言いだしたのか、よくわからなかった。もとから変わった人だったが、今回はとびきりぶっ飛んでいる。固まって目をぱちくりさせる私を、少年——ユウくんが見上げた。

「本当です。僕は叶子さんのペンダントに宿る精霊です。詩乃さんも知ってるでしょう。叶子さんは変人ですが、嘘はつきません」

白猫とは違い、冷静できれいな言葉で話す子だ。そんな彼の瞳と髪の毛は、おばあちゃんのペンダントに下がる石と同じ色をしている。

おばあちゃんは優しい声で続けた。

「パワーストーンは、ひとつひとつ個性と意味を持ってるの。神秘的なパワーは、人の心を癒したり、前向きにさせてくれたりする」

あの本に書かれていた、奇妙な文字を思い出す。白水晶はあらゆる力の宿る、パワーストーンの王。邪気を清め、ネガティブな思考を退ける。

「効能があるっていうのは聞いたことがあるけど……あれ、迷信じゃないの？」

「迷信だと思う人にとっては迷信よ。でも、信じている人にとっては本物の力をくれる」

おばあちゃんはひとさし指を唇に当て、微笑んだ。

「人の想いが籠った石には、精霊が宿るの。精霊は、その石が持つパワーが姿を見せてくれたもの。人の心に反応して、味方してくれる。たとえば、『一歩踏み出したい』と思う人の心には、踏み出す勇気をくれる……そういう存在よ」

「そうは言っても……精霊とか、そんな非現実的なこと言われても……」

困惑措《お》くあたわずの私に、おばあちゃんはいたずらな子供みたいに笑った。

「現実的か非現実的か、その境界って、案外曖昧《あいまい》なものよ。実際、この子たちやお店に住んでる精霊たちは、現実として詩乃ちゃんの目に見えてる」

そこで白猫が、ユウくんの肩から私の肩へとぴょんと飛び移ってきた。

「俺やユウのことも見えてんだろ？　見えてるものを見えてないって無理に否定する方が、現実を受け止められてないことになるんじゃねえの」

たしかに私は今、小さな猫の微かな質量を肩で感じている。頬に触れる毛のふわふわした感触まで、たしかに実感している。

「うーん……いるものはいるんだから仕方ない、ってことか。でもどうして、今まで見えなかったのに突然見えるようになったの？　おばあちゃんには前から見えてたの？」

まだ夢を見ている心地だが、否定しても進まないので一旦受け止める。

おばあちゃんは、ゆっくりとまばたきをした。

「そのトリガーがあの本。『鉱石辞典』なのよ」

「あの本……そういえば、精霊の力がなんとかって書いてあったな」

私はカウンターの中で見た、古びた本を思い浮かべた。おばあちゃんが頷く。

「あれは精霊の力が封じられた本でね。開いた人は、パワーストーンに宿る精霊が見えるようになるの」

言われてみれば、私の視界が変わったのはあの本を開いてからだ。

「精霊の力が流れ込んでくると、精霊の文字がじわじわ読めてくる。完全に読めるようになったときには、精霊の姿が見えるようになる。私が初めてあの本を開けたのは、結婚前……まだ、おじいちゃんが彼氏だった頃。あの本は、おじいちゃんからもらったものなのよ」

おばあちゃんが照れくさそうにはにかむ。話を聞いて、合点《がてん》がいった。お店の中で見た様々な生き物は、おばあちゃんが生み出した、パワーストーンのあしらわれた雑貨に宿る精霊たち。そしておばあちゃんの奇妙な言動の数々は、彼女にだけ見える精霊たちと、コミュニケーションをとっていたからだったのだ。

「そうだったんだ。これ、お母さんは知ってるの？」

「ううん。誰にも教えてないわ。唯一知ってたおじいちゃんは早くに亡くなってしまったし。今知ってるのは、私と詩乃ちゃんだけね」

おばあちゃんが首を振ると、ユウくんが付け足した。

「叶子さんは、誰にもあの本を触らせませんでした。詩乃さんが見つけてしまったときも、大慌てで隠し直してました。あなたがあれを開いて変なものが見えるようになったら、周りから変な子だと思われてしまうから、って」

「そんな思いやりとは気づかず、勝手に触ってごめんなさい」

私が頭を下げると、おばあちゃんはくすっと笑った。それからこちらに手を伸ばし、私の肩にいる白い猫の鼻先を撫でる。

「フク、よかったねえ。詩乃ちゃんとお話しできて」

「フク？」

「この子の名前よ。白水晶のイヤーカフの、フク」

おばあちゃんの指に撫でられ、白猫のフクは擽《くすぐ》ったそうに目を閉じていた。白水晶と聞いて、私は自分の左耳に指を添えた。ユウくんがおばあちゃんのペンダントに宿っているように、フクもこのイヤーカフに憑《つ》いていたのだ。私はフクの顔をまじまじ拝む。

「あなた、フクって名前なんだ」

「名づけたのは私よ。大福に似てるからフクって名前にしたの」

おばあちゃんはフクから指を離すと、私に向き直った。

「この子はね、十八年前からずーっと詩乃ちゃんを待ってたのよ。イヤーカフと一緒に詩乃ちゃんのパートナーとして生きてくつもりだったのに、詩乃ちゃんたら、イヤーカフを落として帰っちゃうんだもの！」

「あ！」

そうだった。私はもらったイヤーカフを、十八年もほったらかしにした。おばあちゃんが先程口走った、「イヤーカフも待っていた」というような言い回しの意味が、今になってわかった。あれは擬人法を用いた比喩ではなく、文字どおり、イヤーカフの精霊のフクが私との再会を待っていたという意味合いだったのだ。

「そうだったんだ！　ごめんねフク」

おばあちゃんの真似をしてフクを撫でようとしたら、おとなしくしていた顔が一転、フクは牙を剝き出しにして威嚇してきた。

「触るな！　俺は別に、あんたなんか待ってねえよ！」

「怒ってる。おばあちゃん、この子こう言ってるけど」

私は手を引っ込めておばあちゃんを見ると、彼女はくすくすとおかしそうに笑っていた。

「十八年も待ってたんだもの。拗《す》ねてるのよ」

「拗ねてない」

フクが吐き捨てる。おばあちゃんはあら、とニヤつき、続けた。

「そのわりには詩乃ちゃんの肩から降りないわね」

「うるせえ。こいつが俺の依《よ》り代《しろ》のイヤーカフつけてるから仕方ないんだよ」

「あら。その石とフクの霊力なら、もう少しくらい離れたって大丈夫でしょ」

毛を逆立てるフクとそれをからかうおばあちゃんに、私は苦笑いした。とりあえず、おばあちゃんが元気そうでよかった。怪我で気が滅入ってしまっても仕方ないのに、この人はどこまでもマイペースである。

だが、そんなおばあちゃんでも気の持ちようだけでは乗り越えられない問題はある。

「それにしても、お店、どうしようかしらね。足、治ったとしても当面痛むわ。きっと、今までのようには自由に動けない」

顎に指先を添えて、おばあちゃんは難しい顔をした。

「できればあのお店にある雑貨、そしてそこに宿ってる精霊たちは全部、誰かのパートナーとして巣立ってほしかった。でも、この足じゃ……」

彼女の口からぽつりと、弱気な声が漏れる。

「このまま閉店、かしらね」

伏せた目は、泣きそう、というよりもっと寂しそうに見えた。

胸がずきっとする。こんな顔をするおばあちゃんは、初めて見た。ユウくんも、なにか言おうとして口ごもる。人から姿が見えない彼では、おばあちゃんの代わりに店に立つことはできない。

『ゆうつづ堂』は、私の原点だ。私がおばあちゃんのようになりたいと、心に誓った場所だ。あの店はただの雑貨店ではない。おばあちゃんの生涯の想いが詰まっていて、精霊が憩う場所で、そして私にとっても特別な場所。その大切な店が、こんな形で幕を閉じていいのか。

私はちら、と、フクを見た。つぶらな瞳が私を覗き込んでいる。ひとつ呼吸を置いて、数秒、考える。そして私は、切り出した。

「私、お店に立とうか？」

声は、意外と震えていなかった。おばあちゃんが顔を上げる。ユウくんも、私を見上げた。フクが甲高い声で耳元で叫んだ。

「はあ!? あんたに叶子の代わりが務まるかよ！ 叶子はな、あの店をひとりで切り盛りしてんだぞ」

「わかってる。でも私がこの町にいれば、入院中のおばあちゃんをサポートできるよ」

おばあちゃんは家族と離れてあの家でひとりで暮らしていた。入院中の彼女の様子を見る人が、近くにいないのだ。でも私がいれば、そこは解決する。おばあちゃんが申し訳なさそうに声を細くする。

「詩乃ちゃん、今、転職活動中で忙しいでしょ？」

「じゃあさ、おばあちゃんが私を雇ってよ。バイトとして」

即座に提案すると、おばあちゃんもテンポよく手を叩いた。

「なるほど。それなら私も助かるし詩乃ちゃんはお勤めできるし、一石二鳥ね」

「え、おい、叶子。本気かよ」

フクがとんと、おばあちゃんのベッドに着地する。

「詩乃に任せられんのか？　こいつ、俺のこと十八年もほっとくような奴だぞ」

「あら、フク。私のかわいい孫に酷い言い草ね」

おばあちゃんがフクの額をちょんとつつく。ユウくんが私の腕に指を添えた。

「詩乃さん、僕からもお願いします。あのお店を、守ってください」

「ユウ、お前まで」

フクが不服そうにユウくんに吠える。ユウくんはフクから目を背け、聞こえないふりをした。私は改めて、おばあちゃんの布団から見上げるフクの目を見つめた。

「ねえ、フク。私なんて、おばあちゃんの足元にも及ばないくらい未熟だけどさ。一応、この間まで雑貨メーカーに勤めてたし、それに……あのお店が大好きって気持ちは、私にもある、し」

真剣な訴えが効いたのか、フクが小さな体をびくっと捩《よじ》って、首を竦める。

「なんだよ……そんなの、俺だって一応わかって……」

まだごにょごにょ抵抗していたフクだったが、おばあちゃんとユウくんの視線を浴びると、しばらく俯《うつむ》いたのち、ぷいっとそっぽを向いた。

「俺は知らないからな。なにがあっても手伝ってやんねーからな」

「じゃあ、決まりね」

おばあちゃんがにこっと笑う。この表情が返ってきて、私はほっと胸を撫で下ろした。あの暗い面持ちのおばあちゃんなんて、もう見たくない。

ユウくんが私のシャツの裾を握る。

「困ったことがあったら、僕に聞いてください。これでも、オープンからずっとあのお店にいましたから」

「心強い先輩だなあ。よろしくね、ユウくん」

「はい！　フク、君も手伝うんだよ」

ユウくんに言われ、フクは嫌だと言わんばかりに顔を背けた。なんだか正反対なふたりだ。

ふいにおばあちゃんが、窓の外に顔を向けた。

「あら、いちばん星」

「え、あ。本当だ」

私も窓の外に目をやり、すぐにその星を見つけた。ほんのり暗くなった西の空に、ぽつんと浮かぶ小さな粒。まるでおばあちゃんが作る雑貨を彩る、パワーストーンの粒みたいだ。背中の向こうで、おばあちゃんの優しい声がする。

「『ゆうつづ』ってね、夕方の『夕』に『星』と書いて、そう読むの。いちばん星のことなのよ」

「そうなの?」

初めて知った店名の意味に、私は思わずおばあちゃんを振り向いた。おばあちゃんがこっくり頷く。

「詩乃ちゃんは、私のいちばん星ね。こうして壁にぶつかってしまった私を、いちばんに照らしてくれた」

「それは……褒めすぎだよ」

照れ笑いする私に、おばあちゃんはいたずらっぽく付け足した。

「私は褒めて伸ばすタイプなの。あ、でも詩乃ちゃんの前の会社ほどお給料出せないわ」

「それは重々承知してる」

窓の外の夕焼け空に、白い星が輝く。それは私の新しい生活を見守り、祝福する星に見えた。

Episode 2　ローズクォーツのエール

「ええと、ここを押すとレシートが出る、ロール紙を交換するときはここをこう……」

おばあちゃんの店を引き継いだのは、彼女が入院した三日後になった。初めて店に立つこの日、私は朝からさっそく、店の業務を覚えるのに四苦八苦していた。教育係には、優秀な先輩がついていてくれている。

「交換用のロール紙はこの棚にあります。補充するときは、向きに気をつけてくださいね」

「ありがとう、ユウくん。君のおかげですごく助かってる」

レジの横には、おばあちゃんのペンダントが置かれている。精霊のユウくんから店のことを教わるためにと、おばあちゃんから借りたのだ。ユウくんはさすが、お店のオープンからおばあちゃんと一緒にいただけはあって、お店の仕事をなんでも知っている。しかも幼い見かけなのにしっかり者で、説明は丁寧で私が覚えるのをちゃんと確認してくれる。前の会社の上司よりずっと、私を育ててくれる感じがする。

「叶子さんはもうお店を畳むつもりだったんで、新しい商品は増やしていませんでした。

だから詩乃さんは、お店にある在庫をお客さんに売るだけでいいです」

「うん、わかった」

おばあちゃんが入院したあの日。私は一旦自分のアパートに帰って、急な引っ越しの準備に追われた。お店と併設のおばあちゃんの家に住むことになったので、住居探しに困らないのは幸いだ。荷物をまとめて、アパートの解約手続きをしてと、短い期間で一気に進めて超特急で転居する。実家の両親に連絡するのはすっかり忘れていて、全ての作業が終了したあとで報告した。お母さんはまた、私のことを「唐突で大胆で、どんどんおばあちゃんに似てきた」と呆れていた。

そんなこんなで、私はこの海辺の町での新生活デビューを果たした。耳には、白水晶のイヤーカフ。おばあちゃんから譲り受けた群青色のエプロンを、体に巻きつける。腰紐を縛ると、気持ちがぎゅっと引き締まった。まだわからないことだらけだが、私にはおばあちゃんもユウくんもついている。私にできるのは、おばあちゃんが元気になるまでこの店を守ることだ。おばあちゃんの期待に応えられるよう、精一杯やれることをやろうと思う。

レジの操作をメモしていると、珍しくユウくんが声を尖らせた。

「こら！　フク、だめですよ」

彼が怒った相手は私ではなく、私の肩にいたフクだった。なにやら私の髪を引っ張っていたずらしていたみたいだ。私の目が届かない首の辺りから、生意気な声がする。

「ちょっと齧《かじ》っただけだろ。ユウはうるせえな」

「遊んでないで、フクも詩乃さんに協力してください！　お店を守ってもらうんですから」

「俺は反対したもん。叶子の代わりなんて、誰にも務まらない」

フクはそう言って、私の肩からカウンターに降り立った。私はむっとして言い返す。

「決めつけないでよ。そりゃあおばあちゃんには敵わないでしょうけど、私だって頑張れるだけ頑張る。このお店、大事だもの」

「気持ちだけじゃだめなんだ。叶子はな、商品のアイディアを考えるのも、必要なものを仕入れるのも、作るのも売るのもお金の管理も全部ひとりでやってたんだぞ！」

フクが毛を逆立てる。私も大人げなく突っぱねた。

「新しいものは作らなくていいし、売るのは今レジの使いかたを覚えてる。事務仕事はしてたから帳簿管理は得意分野！　それに私だって一応、雑貨メーカーで働いてたの。ちょっとくらい信用してくれたっていいじゃない」

「うー……。俺は詩乃なんか認めないかんな」

フクはくるんと丸まって、不貞寝《ふてね》を始めた。もともと丸くて大福に似ていたが、丸まって眠る姿は一層、大福である。ユウくんがはあ、とため息をついた。

「ごめんなさい、詩乃さん。フク、あんな感じですけど悪い子じゃないんです」

彼はちらと、フクの背中に目をやった。

「詩乃さんに置いてかれて十八年間、忘れられちゃったと思い込んでて寂しかったんです。本当は覚えててもらえて嬉しいくせに、こうやって拗ねてるんで素直に甘えられないだけなんですよ」

「おい！　誰が拗ねてるって!?」

寝たふりをしていたフクが、顔を擡《もた》げて小さな牙を剝いた。

フクはまだ、私に心を開いてくれない。ユウくんとは正反対で、店のことを教えてくれるでも手伝ってくれるでもない。ただ私のそばにいて、時々いたずらを仕掛けてくるだけだ。自分のイヤーカフの精霊にこんなに舐められているのは我ながら情けない。おばあちゃんもユウくんも「拗ねているだけ」と言うが、なんだかちょっと、先が思いやられる。慣れない店の業務だけでも手一杯だが、フクとの関係も気がかりだ。

レジの使いかたを覚えて、次の仕事に移ろうとしたときだ。私の手元にちょこんと、小さなウサギがやってきた。体は霧のようで実体らしい実体がなく、透き通っている。

体を覆う細かい毛には、かなりうっすらと紫と白と黒のまだら模様があった。なにかの石の精霊だろう、体そのものが宝石みたいだ。それを見たユウくんが、あ、と声を上げる。

「チャロアイトのウサギですね。詩乃さんを心配して様子を見に来たみたいです」

彼はカウンターを出て、すぐ近くの棚からネックレスをひとつ持ってきた。紫と白と黒の交ざった模様の美しい石が、いくつもあしらわれている。そのワンポイントに、金色のウサギのプレートが飾り付けられていた。ユウくんがネックレスを私に手渡す。

「この石がチャロアイト。きれいでしょ？」

初めて見る石だ。私はネックレスをまじまじ眺めたあと、カウンターにしまってあった本を引き出した。『鉱石辞典』である。ページを捲って、目の前の石と同じ石を探す。目的のページは、すぐに見つかった。

『チャロアイト（チャロ石）精神と感情のバランスを取り、心を解放する。出来事をありのまま受け止める力を与える。内なる勇気を引き出すパワーがあり、転居、転職、環境の変化のあるときに力を借りると良い』

なるほど、今の私にぴったりな石である。ネックレスを見つめていると、ウサギがひゅっと飛び上がり、ネックレスの輪の中を通り抜けた。その姿は空気に溶けたみたいに消えて、気がつくと私の腕に乗っていた。目が合うと、またふっと姿が消える。精霊というものは、見えたり見えなくなったり、摑みどころのない動きをする。それでいて離れてはいかず、ネックレスを持つ私の周りをふよふよと漂い、まとわりつく。

私はネックレスを掲げ、ユウくんに尋ねた。

「このネックレスのモチーフがウサギなのは、精霊の姿がウサギだからなの？」

「そうですね。このプレートは、ウサギのおうちの表札といったところでしょうか」

おばあちゃんの作る雑貨は、どれも生き物のモチーフが取り入れられている。その意味が、今はっきりとわかった。精霊の姿が見えなかった頃は、まったく気がつかなかった。ユウくんが精霊たちを目で追う。

「叶子さんが言うには、精霊は石の意味に合ったシンボルの姿をしてるんだそうですよ。僕はあんまり詳しくないんですけど……たとえばウサギなら、ぴょんぴょん跳ねるから、飛躍とか、豊かさのシンボルなんだそうです」

店内には今日も、たくさんの精霊たちが漂っている。顔の横をすっと通り過ぎていく魚、天井近くを舞う小鳥、あくびをする子犬。どの精霊にも、宿る雑貨がある。

ただ、どの精霊も言葉を話さない。チャロアイトのウサギも私の周りを漂うだけで、なにか伝えようとしている様子はない。触ろうとすると霧みたいに透き通り、感触がない。

「精霊って、なにを考えてるのかよくわからないな……」

「なにも考えてないと思いますよ。彼らに自我はありません」

ユウくんが難しそうに首を捻りつつ話す。

「さっき僕は『ウサギが詩乃さんを心配して近づいてきた』と言いましたが、これには少し語弊があります。このウサギは、詩乃さんのメンタルのパワーを感じ取って、自分が今の詩乃さんに必要だから引きつけられて来ただけです。ともかくこの子たちは、あくまで霊的な力が視覚的な姿を作ってるだけ。うまく言えないけど、見た目は生物でも、生物じゃないんですよ」

「はあ、そうなのね」

私はきらきらと舞うウサギを目で追いながら、ふうんと鼻を鳴らした。精霊たちは、意思らしい意思を持たない。だとしたら、また新たに疑問が浮かぶ。

「あれ？　でもユウくんもフクも、精霊だよね。君たちはお喋りできるし、いろんなことを考えてる。触ることもできる」

同じ精霊なのに、ユウくんは普通の人間と変わらないくらいしっかりしている。ユウくんはあっさりと答えた。

「僕もかつてはほかの精霊と同じで、ふにゃふにゃ漂ってたんですよ」

「ええ!?」

「たしか鳥だったかな……僕自身は全然覚えてないんですが、叶子さんがそう言ってました。徐々に叶子さんの言葉を理解するようになって、体が実体を持つようになって、そのうち幼児のように話すようになって。いつしか見た目も人間に近づいたんだそうです」

私は口を半開きにさせて呆然としていた。精霊云々《うんぬん》だけでも十分摩訶不思議な話なのに、さらに不思議な現象が上塗りされた。

「つまり、精霊は成長するってこと?」

「そうみたいです。でも、時間が経てば勝手に成長するというわけでもない。現に、僕より前からいる精霊でも、僕のようなのはいません」

「じゃあ、育つのに必要なものがあるとか?」

「たぶん。僕ら精霊自身も自分たちのことをわかってないので、そのあたりはなんとも言えませんが。気がついたらこうなってました」

ユウくんはちら、とフクに目をやった。

「自分の昔の姿は覚えてませんが、フクのは覚えてます。やっぱり、ほかの精霊たちみ

それを叶子さんが拾って。

「それが今は、あんな生意気な口をきくようになったの？」

「はい。詩乃さんがイヤーカフを落として帰ってしまって、それを叶子さんが拾って。

『置いてかれちゃったね』って、フクの頭を撫でてました」

ユウくんが懐かしそうに、フクを眺める。

「詩乃さんが取りにくるまで、叶子さんはイヤーカフを大事に保管していました。フクの姿はだんだんくっきりしてきて、大体一年くらい経った頃、意思疎通ができるようになりました。叶子さんは、楽しそうに見守っていましたよ」

「すごく不思議な話だね。おばあちゃんには精霊を育てる才能でもあるのかな」

「そうかもしれませんね。あの人は、精霊たちに好かれる魅力のある人ですから」

エメラルドの瞳が、ふわりと細められる。その穏やかな微笑みかただけでも、この子がいかにおばあちゃんを信頼しているか、感じ取れた。

「ユウくんは、おばあちゃんが大好きだね。ずっと一緒にいてくれたんだものね。私が来なかった間も、ずっと」

「はい！　僕の叶子さんが大好きな気持ちは、このお店のほかのどの精霊にも負けませんよ」

ユウくんは得意げに胸を張り、それから少し照れ笑いをした。

「まあ、叶子さんには僕よりもっと大切な人がいるんですけど……その話はいいや。それより詩乃さん、次は在庫管理表の書きかたをお教えします。ネックレスを棚に戻したら、案内します」

なにか言いかけた彼だったがすぐに切り替えて、お仕事モードに入る。私も深追いはせず、気持ちを仕事に集中させねば。ネックレスをもとの場所に戻すと、ウサギの精霊もすっと私を離れて棚の周りを漂いはじめた。ユウくんの方へと向かおうとしたとき、後ろでキイ、と扉の音がした。振り向くと、入り口に男性が立っている。スーツに赤いネクタイの、若い青年だ。体に緊張が走った。初めての、お客様のご来店だ。

「い、いらっしゃいませ！」

変に強ばって、声が裏返る。青年は私を見るなり、ぽかんとした顔で固まった。数秒間、互いに無言で顔を見つめたあと、青年が叫ぶ。

「叶子さんが若返った!?」

「孫です！」

青年の勢いに負けないくらい、大きい声が出た。彼はハッと目を見開き、手を叩いた。

「ああ、お孫さん！　だよな、びっくりした」

顔をくしゃっとさせて笑い、こちらへと歩み寄ってきた。

「叶子さんは？　今日はいないの？」

一気に詰め寄ってきて、軽やかな口調で聞いてくる。私はええと、と声を詰まらせた。

「おばあちゃん……叶子は、怪我をして入院中です。その間、私が店番を……」

「え！　叶子さん入院しちゃったの⁉　なんで？　大丈夫？」

「はい、転んで足を骨折して」

「うわー、すげえ痛いじゃん！　マジかあ、叶子さんでも骨折なんてするんだ。なんかあの人、無敵っぽいから怪我も病気も無縁だと思ってたわ」

初対面なのにフレンドリーでちょっと驚くが、この人懐っこいキャラはなんだか憎めない。私はちらりと、背後に目をやった。ユウくんがカウンターに腕を載せてこちらを観察している。この騒ぎで目を覚ましたらしいフクも、レジ横から私を眺めていた。ふたりとも、見ているだけでなにも言わない。

困惑気味の私に、青年が言った。

「ごめんごめん、名乗ってなかった。怪しい者じゃないよ、こういう者です」

胸ポケットから名刺入れを出し、彼は私に一枚、名刺を差し出してきた。受け取ったそれには、彼の茶目っ気のある態度とは裏腹に、シンプルな白地に黒文字の明朝体で文字が刻まれていた。

『株式会社セキエイ商事 営業第一課主任・青嶋浩哉《あおしまひろや》』

「青嶋さん、ですか」

「うん。叶子さんの友達だよ」

彼は名刺入れをしまうと、両手でピースサインをした。私も改めて挨拶する。

「初めまして。私は孫の詩乃です。おばあちゃんがお世話になってます！」

「詩乃ちゃんね。いやあ、本当に驚いた。叶子さんそっくり……というか、若い頃こんなだったんだろうなーって面影がある」

この店の常連客なのだろう。青嶋さんは、おばあちゃんと親しそうだった。

「叶子さんってなんとなく魔法使いっぽいじゃん？　あの人なら、本気で若返りそうな気がするんだよね」

「なんかちょっと、わかります」

つい、何度も頷いた。小さい頃から思っていたが、おばあちゃんは魔法を使えそうだ。

しかしそのおばあちゃんは、今日はいない。今は、私がこの店の店員だ。

「青嶋さんは今日は、なにを買いにいらしたんですか？」

満を持して店員らしく振る舞う。だが彼は、あっけらかんとして答えた。

「ん？　いや、特に用事はないよ。近くで商談があったから、叶子さんに会いたいなーと思って寄っただけ」

「あ、そういうこと……」

「せっかくだからなんか買っちゃおうかな。なににしようかな。次の商談は十一時だから……三十分くらい迷おう」

　青嶋さんはにーっと笑うと、私から離れ、店の雑貨を眺めはじめた。カウンター越しに、フクの呆れ声がする。

「出たな、あのサボリーマン……。また仕事サボって時間潰してやがる」

　どうやら、青嶋さんは普段からこうして来ているようだ。ユウくんの苦笑いが続く。

「まあまあ。あの人、あれでいてちゃんと営業もしますから。このお店に来てるのだって、一応、営業活動の一環なんだそうですし」

「本当かよ。どう見てもサボってるじゃん」

　ふたりのやりとりを背中に、私は再度、青嶋さんに目線を向けた。雑貨を見ている彼の周りに、ふよふよと精霊が泳いでいる。揺らめいていて形を見て取るのが難しいが、左右に振れる尻尾の動きでぴんときた。あれは、イルカの精霊だ。淡いブルーのきれいなイルカだが、この店では見たことがない。ということは、あの精霊は店の雑貨ではなく、青嶋さんが連れてきた、彼の持ち物に憑いている精霊だろうか。

そんなことを考えていると、また、店の扉が開かれた。

「こんにちは！　叶子さんいるー？」

やってきたのは、中学生くらいと思しき女の子だ。ショートパンツにサンダルの、涼しげな装いである。私が挨拶するより先に、青嶋さんが声をかけた。

「お、麻衣《まい》ちゃん！　やっほー、夏休みの宿題終わった？」

「うわ、青嶋！　またサボってる」

麻衣ちゃんと呼ばれた女の子も方も、青嶋さんに反応する。彼女も青嶋さんのサボり癖をよく知っているようで、一応大人の青嶋さんにこの態度である。青嶋さんが私に目配せをする。

「麻衣ちゃん、今日から叶子さんいないんだって。代わりに孫の詩乃ちゃんが店番するってさ」

「えー!?　叶子さんどうしちゃったの？　そんで孫!?」

麻衣ちゃんが私の方に駆け寄ってきた。長い黒髪のポニーテールが左右に揺れる。日焼けした肌が健康的で、背が低いかわいらしい少女だ。

「初めまして、孫の詩乃です。今日からよろしくね」

「うんうん、よろしく。私、麻衣。叶子さんと仲良しで、いつも学校帰りにここに遊びに来てるんだよ！」

元気はつらつな、気持ちのいい子だ。そんな彼女のところへも、ふわりと精霊が舞い降りた。あれは、ハトだろうか。ずんぐりむっくりなフォルムの鳥が、麻衣ちゃんの肩に鎮座する。よく見ると、うっすらと桜色がかった羽毛を着ている。麻衣ちゃんはアクセサリーの棚へと移り、置いてある髪留めを見比べはじめた。

「今日も叶子さんに聞いてほしい話があったんだけど、いないんじゃ仕方ないか」

「私でよければ、代わりに伺いますよ」

青嶋さんのときはうまくいかなかったが、今度こそ店員らしく振る舞うチャンスだ。彼女のそばへ近づくと、肩に軽やかで柔らかいフクの感触が降りてきた。

「大丈夫か？　できんのか？」

私の接客が心配なのだろう。そわそわと落ち着きなく問うてくる。大丈夫だ、お店の雑貨がどこになにがあるかくらいはわかる。お客さんが求めるものの場所へ、さっと案内できる自信がある。麻衣ちゃんは私を横目に見ながら言った。

「明後日、テニス部の大会なんだ」

「へえ！　頑張ってね！」

「うん。でね、そのときに髪を縛るヘアゴム、どれがいいか叶子さんに相談したかったの」

彼女の左右の手には、それぞれ黄色い石がついたヘアゴムと、黒い石のヘアカフスが載っている。黄色い方は華やかで丸みのあるポップなデザインで、石の後ろから小さな黄色いカバが顔を覗かせている。一方黒い方は、大人っぽいシックなかっこよさがある。周りを漂うのは、蛇らしき精霊。あれらの石、精霊にもなにか意味があるのだろう。でも、麻衣ちゃんの肩にいるのは、ハトだ。いや、本当にハトだろうか？　見ていたらだんだんワシに見えてきた。かと思えば、やはりハトだ。でも桜色に見えていた羽毛は、見ようによってはオレンジにも見える。精霊というものは曖昧で、ゆらゆらと形や色が変化しているときがある。

そこへ、青嶋さんがやってきた。

「黄色いのはアラゴナイト。やすらぎの石だな。黒い方はトルマリンか。心身を浄化して、元気にさせてくれる健康の石」

「えっ。詳しいんですね！」

滔々《とうとう》と解説してくれた青嶋さんにびっくりしていると、彼は楽しげに頷いた。

「言ってなかったっけ。俺、パワーストーンを加工して販売する会社に勤めてるんだよ」

さらっと告げられ、私は目を剝いた。

「そうだったの⁉　あ、もしかして、おばあちゃんが作る雑貨についてる石、青嶋さんのところから仕入れてるとか……」

「そのとおり。『ゆうつづ堂』は弊社のお得意様。お世話になってまーす」

ようやく、ユウくんが言った言葉の意味が繫がった。青嶋さんはどう見てもサボりに来ているが、これも営業の一環。おばあちゃんに、石の仕入れは必要ないか、御用聞きに来ていたのである。

青嶋さんが目に輝きを宿した。

「パワーストーンに限らず、アクセサリーパーツやハンドメイド用品も取り扱ってるよ。詩乃ちゃん興味ある？　どう？　作ってみない？」

「え、ええと。私はあんまり……。雑貨作るのはおばあちゃんの特技で、私は全然やったことないです」

後ずさる私に、青嶋さんは意外そうに感嘆した。

「へえ！　叶子さんのお孫さんなら、教わって作ってそうだと思ったのに。やってみる気はないの？」

「うーん、今のところは」

雑貨を生み出せるおばあちゃんのことは、尊敬する。でも、私は同じように作れるようにはなれない気がする。たしかに私は、雑貨を作りたくて雑貨メーカーに就職した。とはいえ、メーカーの雑貨は手作りではない。あくまで過程に携わってみたかったというだけである。一から手作りをするおばあちゃんは、とてもではないが私には真似できない。

青嶋さんがふうんと鼻を鳴らす。

「やってみたら？　せっかくこの店にいるんだしさ」

「いやあ、新しいことだらけでちょっとまだ手が回らないです」

「じゃ、落ち着いたら始めようよ。楽しいかもよ、俺も作ったことないけど」

青嶋さんが最後のひと言を冗談ぽく付け足した。

彼の言うとおり、私が知らないだけで楽しいのかもしれない。でも、新しいことを始めるのは、いつも少し怖い。単純に経験値が足りないというのもそうだけれど、私は他人より不運なのだ。慣れないことに首を突っ込んで、大失敗するのは目に見えている。余計なことはせず、できることだけしていた方がいい。

麻衣ちゃんが次々と髪留めを手に取る。

「やすらぎと健康かあ。どっちも大事だけど今回は違うな」

「いやあ、でも石の効能とか考えずに、麻衣ちゃんが好きなデザインを選べばいいんじゃない？　好きな色とか、似合う色でいいじゃん」

青嶋さんが職業のわりに開き直ったことを言う。麻衣ちゃんは唇を尖らせて否定した。

「それもそうなんだけどさ。ただ好きな見た目の髪留めが欲しいだけだったら、別のお店で選んでもいいの。私は叶子さんが意味を考えて作った、このお店の髪留めが欲しいんだ」

麻衣ちゃんの言葉が、私をハッとさせる。そうか。麻衣ちゃんは、おばあちゃんの意図を汲み取って、このお店で買うことを選んだ。石の精霊は麻衣ちゃんの目には見えない。それでも、おばあちゃんの想いは伝わっている。

青嶋さんが、よし、と拳を握る。

「じゃ、真面目に意味から選びますか。部活の試合だよね、なら勝負運で決まりだな」

「そんなのあるの？」

「たくさんある。サファイヤにタイガーアイに……。勝利や成功は、仕事運や金運と一緒くたにされるから、かなりあるよ。俺のイチオシはヘマタイト！　この店にあったかな」

どんどん提案できる青嶋さんに私はまたもや驚いた。同時に、焦りが生じる。私は、彼やおばあちゃんのように石に詳しくない。麻衣ちゃんが青嶋さんに尋ねる。

「そんなにあるんだ。じゃあ、勝負の石でオレンジ色のはある？　うちの学校のユニフォームがオレンジなの」

「オレンジで勝負運……ちょっと待ってね、なんかあった気がする」

青嶋さんが頭を捻る。一方私は、全然ついていけていない。これでは青嶋さんの方が店員みたいだ。私には、お客さんに最適な雑貨を紹介できるスキルがからっきしないのだと痛感する。フクがわたわたと私の耳を引っ掻いてきた。

「ほらほら、詩乃。詩乃もなんか提案しないと。サボリーマンに負けちゃうぞ！」

「わかってる、考えてる！」

「な。叶子の真似をすんのって、大変だろ。叶子にしかできないよ」

フクの言うとおりだ。私には簡単に真似できない。だからといって、ここでなんの提案もできなければおばあちゃんの代わりは務まらない。務めようとする資格がない。

「オレンジ色で、勝負の石ね！」

私はカウンターに滑り込み、置きっぱなしだった本を開いた。無造作に捲り、目に留まるオレンジの石の持つパワーを流し見て、ぴったりな効能を探す。知識のない私には目星すらつかなくて、もたついてしまう。つい、細い声でユウくんに助けを求めた。

「ユウくん、どの石を選べばいいの？」

「すみません、僕もこればっかりは……自分以外の石のことは、人並みにしかわからないんです。精霊のくせにお役に立てず、ごめんなさい」

意外にも、ユウくんも助けてはくれなかった。でも私を突き放しているのではなく、どうも本当に、彼でもわからないようである。

てこずる私の手元へ、ふわりと精霊が降り立ってきた。淡い桜色の羽の、ハトである。麻衣ちゃんの肩にとまっていた精霊だ。ユウくんがぽつりと言う。

「この子、ローズクォーツのハトですね」

「ああ、ローズクォーツ！　私でも知ってる」

石に詳しくない人でも、名前くらいは聞いたことはあるような有名な石だろう。本を捲り、ローズクォーツのページで手を止める。

『ローズクォーツ（紅石英）内面の美しさを磨き、恋の成就に絶大なパワーを発揮する』

恋愛運の向上といえばまず挙げられる印象があったが、やはりとても強い愛の力を持っているらしい。ハトの羽の桜色は、この石の色に近い。でも、ハトの方がオレンジがかっている気がする。ユウくんがあれ、と怪訝な顔になる。

「ん？　比べてみるとなんか違う。この子、ローズクォーツだけじゃないかも。なにかほかの石とミックスした雑貨に憑いてる子かもしれませんね」

「ああ、なるほど。ユウくんもエメラルドとオパールの両方だもんね」

どうりでこのハトは、色が混じって見えるわけだ。

このハトが麻衣ちゃんのところへ行ったということは、ローズクォーツを使った雑貨の力が、麻衣ちゃんに必要だったことになる。が、麻衣ちゃんが求めているのはオレンジ色の勝利の石で、桜色の恋の石ではない。ユウくんがハトから目線を外す。

「ハトって、平和と愛の象徴なんですよ。実際は結構好戦的な鳥だそうですが、精霊という観点で言うと、『勝負』の意味は持ってないと思います。関係なさそうですね」

「そうなの？　でもこの子、さっきまで麻衣ちゃんの肩にいたよ」

「え、そうだったんですか。気づかなかった。なんでだろう、麻衣さんにローズクォーツ？」

私もユウくんも、共に首を捻った。このハトはいったいなんのサインなのだろう。じっと見ていると、やはりワシに見えてきた。ハトにしては凛々しい気がする。

ハトは私の顔を見上げると、急にふいっと顔を背けて飛び立った。しかし高いところへ舞ったのでも麻衣ちゃんのところへ行ったのでもなく、カウンターの内側、床へと降りていった。フクがカウンターの縁からハトを見下ろす。

「なんだ、あいつ。下になんかあんのか？」

私もハトを目で追った。なにやらレジ下のラッピングリボンの辺りをうろついている。

私は腰を屈め、ハトの辺りに目線を合わせた。するとラッピング用のリボンの横に、クッキー缶を見つけた。私が取り出したその缶を見て、ユウくんが早口に言った。

「それ、叶子さんが『とっておきのもの』って言ってました。僕も詳細は聞いてないんですけど、なんだか特別なタイミングのためにここに隠してるんだって」

「とっておきなの？　なんだろう、見ても大丈夫かな」

迷いながらも、とりあえず缶の蓋を開けてみる。ぱかっと開いた途端、一瞬、炎が噴き出したような錯覚があった。反射的に肩を強ばらせたが、熱くない。おそるおそる缶の中を見ると、ヘアゴムがひとつと、名刺サイズのカードが入っていた。ヘアゴムはオレンジとピンクの石がたくさん連なったデザインで、明るく晴れやかな彩りである。そして石の間には、鳥のシルエットを切り出した金色のプレートが飾られていた。

缶の縁に、先程のハトがやってきた。いや、ハトであり、ワシだ。両方の鳥の性質を持つ、霧のような鳥の精霊。美しく整った翼は、時に優しい桜色に、時に燃えるようなオレンジ色に揺らめく。なんて幻想的で、神秘的な鳥だろう。

ヘアゴムの下にあったカードには、おばあちゃんの字でこう書かれていた。

「麻衣ちゃんへ。中学最後の大会、行ってらっしゃい。これは私からのプレゼント。ファイアオパールのヘアゴムです。勝負のときに、エネルギーをくれる石。麻衣ちゃんのユニフォームと同じ色です。頑張ってね。叶子より」

ファイアオパール。私は缶を抱えて立ち上がり、本を捲った。目に入ったのは、まるで炎が燃えているかのような、オレンジ色の石の絵だった。

『ファイアオパール（火蛋白石《ひたんぱくせき》）チャレンジ精神、エネルギーを高める炎の石』

これには絶句だった。おばあちゃんは、すでに麻衣ちゃんのためのヘアゴムを作って、本人に渡すべくここに隠していたのだ。しかも、彼女の希望を先読みしたかのように、オレンジ色の勝負の石で、ヘアゴムだ。

「おばあちゃん、未来予知でもできるの……!?」

「さすが、叶子さん！　全部お見通しなんですね」

ユウくんがパチパチと拍手した。このカードがあるということは、これは麻衣ちゃん専用で間違いないだろう。私はヘアゴムとカードを手に取り、麻衣ちゃんのいるアクセサリーの棚へと歩み寄った。途中、私の肩にふわっと鳥の精霊が舞い降りてきて、麻衣ちゃんに近づくにつれ、翼を広げて彼女のもとへ飛び立った。

「麻衣ちゃん、これ。おばあちゃんが用意してたみたい」

「え！　叶子さん、私がヘアゴム買いに来るのわかってたの⁉」

麻衣ちゃんも大きく目を剝いたし、隣にいた青嶋さんも驚いていた。

「すげえな。やっぱあの人、本当に魔法使いなんじゃないの？」

「私もびっくりです。なんで麻衣ちゃんの欲しいものがわかったんだろう」

驚きを共有しあう中、鳥の精霊が麻衣ちゃんの小さな肩に降り立つ。彼女はメッセージカードを読んで、それからもう一度ヘアゴムと向き合った。華やかな石の飾りを指で撫でて、呟く。

「この桜色の石……もしかして、ローズクォーツ？」

麻衣ちゃんの肩の上で、桜色のハトが霧のように揺らめく。

「うん、そうみたい。なんでローズクォーツなのか、それはわからないんだけど」

私が答えると麻衣ちゃんは、一旦声を詰まらせた。下を向いてなにか言い淀み、それから気恥ずかしそうに顔を上げる。

「……ね、なんでだろう。でもありがとうって、叶子さんに伝えておいて」

麻衣ちゃんは明るく笑って、店の扉へと向かっていった。

「詩乃さんも、ありがと！　青嶋はサボるなよ」

「俺にだけ辛辣だな」

青嶋さんが返すと、麻衣ちゃんはおかしそうに店の外へと出て行った。肩には、燃えるようなオレンジ色で、それでいて花のような桜色の精霊。扉を閉める直前に見えた彼女の頬は、ローズクォーツのように赤く火照っていた。

扉が閉まると、店の中はまた、お客さんは青嶋さんだけになった。彼は嚙み締めるように繰り返す。

「やっぱ、叶子さんすごいよな。冗談抜きに、特殊能力でも持ってるとしか思えない」

「ですよね。孫の私でもそう思います」

石に宿る精霊が存在するのなら、魔法使いも実在してもおかしくないかもしれない。そんなことを考えていると、青嶋さんは長めのため息をついた。

「だというのに、もったいないよな。こんなにいい店なのに、畳んじゃうなんてさ」

「それ、青嶋さんも聞いてたんですね」

私が振り向くと、彼は寂しげに頷く。

「うちから石を仕入れてくれなくなったと思ったら、もう新しい雑貨作ってないって言うんだよ。だから俺、続けてくださいよー、引き続きうちから仕入れてくださいよーって言うためにこの店通ってんの」

「あ、そっか。取引先でしたね」

妙に納得した私に、青嶋さんはふふっと吹き出した。

「まあ、取引先だからというのもあるけど。俺個人としてもこの店好きだから、なくならないでほしいんだ。叶子さんももう体が自由じゃないっていうのはわかるんだけどさ、粘りたくなっちゃうんだよ」

「気持ち、わかります」

私も、この店がなくなると聞いてショックだった。おばあちゃんが決めたことだから、私にはどうにもできない。でも、なくしたくない気持ちも収まらない。俯く私の背中に、ぽんと、軽い衝撃があった。青嶋さんの手が、私の背中を叩いている。

「そんなわけだからさ、詩乃ちゃん。俺の大好きなこの店、守ってくれよ」

出会ってまもなくで見たのと同じ、人懐っこい笑顔だ。なんだか眩しくて、自然と大きな声が出た。

「はい！」

「よし！　そんじゃ俺はそろそろ次の商談だから、もう行く。じゃあな！」

彼はひらひらと手を振り、店を出て行った。結局彼は、客だったのか業者だったのか。仕事だったのかサボりだったのか。掴みどころがない人だったが、面白い人だった。

＊　＊　＊

その日の夜、私はお店を閉めたあと、おばあちゃんのお見舞いに行った。もちろん、フクとユウくんも一緒だ。

「ありがとう詩乃ちゃん、来てくれたのね。お店はどう？　大変？」

「うーん、まだ全然慣れないけど頑張るよ」

正直言って、初日から打ちのめされた。覚える作業が多いのはともかく、石のことが全然わからない。麻衣ちゃんの件だって、おばあちゃんがあらかじめ作ったヘアゴムがあったから解決したのであって、私ひとりではどうにもならなかった。私より青嶋さんの方が余程麻衣ちゃんの相談に乗れていたし、鳥の精霊のメッセージもわからずじまいである。

「おばあちゃんがいかにすごい人か、ただただそれを思い知った一日だったな」

力の抜けた声を漏らすと、肩の上でフクがつんとした態度で言った。

「言ったろ。詩乃に叶子の代わりなんて無理なんだよ」

「こんなこと言ってますけど、フク、ほとんど一日じゅう詩乃さんにくっついて、ずーっと心配してました」

ユウくんがしれっと、おばあちゃんに報告する。フクはなにか言い返そうとしたが、なにも思いつかなかったらしく決まり悪そうに顔を背けた。

私もひとつ、おばあちゃんに報告をした。

「今日、麻衣ちゃんって子が来たよ」

「ああ！　麻衣ちゃん！　そうだったわ、部活の大会、明後日じゃなかったかしら！」

私が詳細を話す前から、おばあちゃんは自発的に思い出した。

「麻衣ちゃんが来たら渡そうと思って、カウンターの中に置いてあったものがあるのよ。どうしましょう、明日も来てくれるかしら」

「ファイアオパールのヘアゴムだよね」

「そう……って、詩乃ちゃん、わかったの？」

おばあちゃんが目を丸くする。あれは、精霊が導いてくれたおかげで見つけられた。

「精霊が教えてくれたんだ。でね、麻衣ちゃん、今日はヘアゴム買いに来てたんだよ。それもドンピシャで、オレンジ色の勝利の石の！」

あれは本当に、奇跡みたいだった。

「おばあちゃんすごいよ。麻衣ちゃんが欲しいもの、先回りして作ってるんだもん。麻衣ちゃんもびっくりしてたよ。まるで未来がわかってたみたい」

「あら、そうだったの。でも別に私は未来が見えてたわけじゃないわ。あれは単に、私から麻衣ちゃんに贈りたいと思ったものを作っただけよ」

おばあちゃんははにかみ笑いを浮かべた。

「麻衣ちゃんはいつも来てくれるから、大会の日も、ユニフォームの色も知ってる。髪の毛をいつもポニーテールにしてるのだって知ってるわ。だから、あのヘアゴムなの。勇猛のシンボル、ワシを添えてね」

優しい声に、いろんなことに気づかされる。おばあちゃんは、未来予知なんてできない。でも、麻衣ちゃんの話を丁寧に聞いて、彼女を知って、思いやる心がある。ただ、それだけ。それだけだから、ああして麻衣ちゃんの気持ちを見透かしたのが、未来予知よりすごいのだ。

おばあちゃんは少女のような花笑みを見せた。

「うふふ、麻衣ちゃん、うまくいくといいなあ」

「大会？」

「うん、それもそうなんだけど」

おばあちゃんの声が小さくなって、ひそひそ声になる。

「これ、誰にも秘密よ。麻衣ちゃんね、大会で優勝したら、クラスの男の子に告白するんだって」

「えっ！」

「ファイアオパールは勝負の石であると同時に、恋の石でもあるの。情熱的な気持ちを燃やして、行動力をくれる。そこにさらに、恋の石として強い力があるローズクォーツと愛の鳥であるハトが力を貸してくれたら、最高に勇気が出るでしょ？」

そのとき私の脳裏に、あの鳥の桜色が浮かんだ。なにか言いかけてからはぐらかした、少女の赤く染まったほっぺたも。

「やっぱり、おばあちゃんには敵わないな……」

なんだかもう、そんな言葉しか出なくなってしまった。

Episode 3　ペリドットの祝福

おばあちゃんの店に立って、一週間。その日、お見舞いに行った私は、おばあちゃんのベッド脇のチェストに写真立てを置いた。

「ここでいい？」

「よく見えるわ、ありがとう」

ベッドに横たわるおばあちゃんは、嬉しそうに花笑んだ。彼女のベッドの横で、ユウくんが緑色の目を細める。

「よかったですね。これで心細さも少しは和らぎますね、叶子さん」

「ええ。やっぱりこれがなくちゃね」

おばあちゃんの声がふんわり弾む。

写真の中で楽しげにピースするのは、色白の肌をした眼鏡の男性である。歳の頃は、私と同じくらいだろうか。涼しげな目元に清潔感のある白いワイシャツの、清楚な人である。その隣で微笑むのは、白いワンピースの胸にエメラルドとオパールのペンダントを下げた、美しい女性。これは私でもわかる。若かりし日のおばあちゃんだ。

リビングに飾ってあったこの写真は、おばあちゃんに頼まれてここに持ってきた。写真はだいぶ日に焼けて色あせているが、写っているふたりの朗らかな空気は、実物を目の当たりにしているかのように伝わってくる。

「この写真の男の人、おじいちゃん？」

聞いてみると、おばあちゃんは気恥ずかしそうにはにかんだ。

「そう。もう五十年近く前のね。かっこいいでしょう？」

「うん、おばあちゃんも美人だね」

「ふふっ、ちょっと恥ずかしい。おじいちゃんの写真、いちばん新しいものでもこれしかなかったのよ」

写真の中の男性――おじいちゃんは、私が生まれる数年前に亡くなった。もともと体が弱かったそうだ。だから私はおじいちゃんに会ったことがなく、リビングで見るこの写真の姿しか知らない。この自分と変わらない歳頃の若い男性を「おじいちゃん」と呼ぶのは、いささか不思議な感覚である。

「おじいちゃん、どんな人だったの？」

「そうねえ。ひと言で言うと、『私以上に変わり者』かしらね」

おばあちゃんはいたずらっぽく言った。

「大学の教授をしていてね。海外の民俗学を研究していたわ。とにかく研究熱心で、すぐに周りが見えなくなる人だった」

おじいちゃんの仕事についても、私は今初めて知った。おばあちゃんはまるで最近の話かのようにいきいきと続ける。

「私のことも放っておいて、すぐに海外へ調べ事に出かけてしまうのよ。まったく、自由人もここまで極めると、もはや猫かなにかみたいだわ」

おじいちゃんのことは知らないけれど、なんとなく、素敵な人だったのはわかる。おばあちゃんはこの写真をずっと飾っていたし、入院で心細いときにこうしてそばに置きたがる。今もこうして、彼との思い出を楽しそうに話している。仲が良い夫婦だったのだろう。

おばあちゃんが愛おしそうに写真を見つめる。その愛情深い視線に少ししんみりしつつ、私も写真を眺めた。しばらく見ていると、眼鏡の男性の顔に、なぜか妙に見覚えがある気がしてきた。

「あれ？　私、おじいちゃんに会ったことないよね？」

「ないわよ。会わせてあげたかったわ。詩乃ちゃんもおじいちゃんも、お互いに大好きになったはずだもの」

おばあちゃんが即答する。そうか、やはり会っていないか。ではこの既視感は、単なる気のせいだろう。

写真の中のおじいちゃんの横、おばあちゃんの胸には、ペンダントが煌めいている。私は自分の手の中に目を移した。写真の中のそれが、今私の手の中にある。エメラルドとオパール、その美しい輝きは、写真の中とまったく変わっていない。私はひとつ呼吸を置き、ペンダントをおばあちゃんに突き出した。

「これ、ありがとう。ユウくん、返すよ」

「もういいの？　まだ一週間じゃない。ユウがついてた方が安心でしょう」

おばあちゃんはそう言ってくれたが、私は首を振った。

「私はもう大丈夫。これでも結構、吸収できたんだよ」

「僕もそう思います。詩乃さんはもう、お店の業務は完璧にこなせますよ」

ユウくんも、自信たっぷりに頷いてくれた。

一週間、あの店のカウンターに立って、いろんなことがわかってきた。備品消耗品のありか、扱いかた、商品のディスプレイなど店のことはもちろん、この町のスーパーや飲食店、診療所なんかも覚えた。かなり小さな田舎の町なので、以前住んでいた都会に比べて交通はだいぶ不便だが、慣れていくしかない。

店に訪れるお客さんの顔ぶれも、なんとなく把握できている。

まず、お客さん兼セールスマンの青嶋さん。彼はほぼ毎日来る。だいたい暇そうに居座って雑談をして、たまに営業先でもらったというお菓子をお裾分けしてくれる。町のことを教えてくれたのは、ほとんどこの人だ。彼の親しみやすい人柄には、とても助けられた。

麻衣ちゃんは、大会の翌日に出来たての彼氏を連れてきた。おばあちゃんにも報告したいからと、この病室にお見舞いにまで来てくれている。麻衣ちゃんの友人という女の子も二回ほど来た。向かいの焼き菓子店のオーナー夫妻も、たまに小物を買いに来てくれる。

それともうひとつ実感したのは、お客さんを覚えられてしまうくらい、客足はまばらだという事実だ。店を一日開けていても、お客さんは両手で数えられる程度、売り上げも不安になるほど少ない。おばあちゃんが「はやらない」と話していたのが身にしみる。

おばあちゃんはペンダントを受け取ると、申し訳なさそうに私を見つめた。

「じゃあ、ユウはこっちにいてもらうわね。困ったことがあったらすぐに連絡するのよ」

「うん、ありがとう。おばあちゃんも、私の心配ばかりじゃなくて早く怪我を治してね。ユウくんも、一週間もついいててくれて、ありがとう。おばあちゃんをよろしくね」

私がユウくんの頭を撫でると、彼は照れくさそうにはにかんだ。

「はい。詩乃さん、僕たちの『ゆうつづ堂』をよろしくお願いします」

それから彼は、私の肩にいるフクに指を伸ばす。

「フクは詩乃さんを困らせちゃだめだよ。困ってたらちゃんとフォローすること。いいね」

「面倒くせえ」

フクはユウくんの指先を睨み、首を竦めた。フクは相変わらず、この調子である。

おばあちゃんとユウくんと別れ、病室をあとにする。病院を出た頃には、とっぷりと日が沈んで星空が覗きはじめていた。

ふいに、フクが口を開く。

「よかったのか？　ユウのこと」

「ん？」

「本当はまだ、不安なんじゃねえの。あんた、そんなに自信家じゃないだろ」

「意外。ばれてた」

知らないうちに心を見透かされていた。私は東の星空を見上げ、小さくため息をつく。

「もちろんユウくんには、まだいてほしかったよ。でも私以上に、おばあちゃんの方がもっと不安なはずだから」

ああしてにこにこして平気な顔をしているけれど、おじいちゃんの写真をそばに置いておきたいくらい、滅入っているのが本音だろう。そんなときに、大切にしているペンダントと、常に寄り添ってくれるユウくんは、おばあちゃんの心の拠り所になる。ユウくんだって、おばあちゃんのそばにいたいはずだ。だから、少しでも早くおばあちゃんのもとへペンダントを返したかった。

フクがぴく、と耳を振る。

「ふうん……そういうのは、考えるんだ」

「でもやっぱり明日から不安だな。フクがいるから助けてもらおうかな」

ちょっと冗談めかして言ったら、フクはまた、つれない態度で返してきた。

「俺は助けてやんないって言ってるだろ」

「ずっと思ってたんだけど、フクは私のイヤーカフの精霊でしょ！　守護してよ！」

「やーだ！　十八年も忘れてたくせに厚かましいぞ！」

「謝ったじゃん！　いつまで根に持つの！　しつこい奴は嫌われるよ」

私とフクの仲も、まだまだ前途多難だ。

＊＊＊

迎えた翌日、『ゆうつづ堂』は今日も閑古鳥が鳴いている。フクが退屈そうに、カウンターで寝そべっている。

「暇だー。おい詩乃、なんか面白いことないの？」

「私も暇だよ。フクは居眠りでもしてたら？」

この暇さでは、閉店やむなしかもしれない。そうだった、おばあちゃんはこの店を畳むつもりでいる。私はあくまで、おばあちゃんがこの店を閉めるまでの手伝いでしかないから、店がなくなったらまた別の仕事に就かなくてはならない。考えるだけで億劫だ。煩悶《はんもん》で時間を潰してしまうというのももったいない。私はこの空白の時間を、パワーストーンの勉強時間に充てることにした。カウンターの中に椅子を置いて、本を開く。読むのは『鉱石辞典』である。フクがカウンターから飛び降りて、エプロンのかかった私の膝に乗った。

「そんなの読んでないで俺にかまえ」

「わがままだなあ。フク、見た目だけじゃなくて性格も猫だよね」

私はフクをあしらって、本を開いた。

重たいだけはあって、この本は情報量が多い。有名な石から名前すら聞いたことがないような石まで、その姿と名前、原産地、成分、意味と効果などがたっぷり書き込まれている。個々の石の説明だけでなく、パワーストーンの扱いかたと身につけかた、月ごとの誕生石、数字や色の持つ力なんかを解説しているページもあった。どのページも、絵も文字も全て手書きだ。どこかの誰かがひとつずつ刻んだのだと思うと、気が遠くなった。いったいどんな人が、どんな目的でこの本を書いたのだろう。

目を通してみて、なんとなくわかってきたことがいくつかある。

まず、石の状態によって形態が三種類あること。鉱山から採掘されてなにも加工されていないものを『原石』といい、これは石が持つ力をそのまま放出するとされるらしい。力が強いというよりは、持ち主にじわじわと力を与えてくれる。原石を磨いて艶を出したものが『タンブル』。これはエネルギーがとても強い。タンブルの石をカットしたものは『ルース』と呼ばれ、これは石の力に加え、切り出された形の持つ力も併せ持つのだそうだ。たとえば丸いものは成功や均衡、癒しを与え、星形は希望や直観力に関する力を発揮する。このルースを使って作るのが、おばあちゃんの手作り雑貨だ。

ほかにもなにやら石の浄化のしかたとか、念じかたとか、置いておくのに適した場所なんかも紹介されている。読めば読むほど奥が深い。情報が溢れ出てきて、頭の処理が追いつかないほどだ。でも無意識のうちに自分から興味を持って読んでいて、目を通したものは結構頭に入った。今なら、お客さんが来てもしっかり石の説明をできる気がする。

私は本を閉じて、カウンターに置いた。ひと息ついた私の前を、すうっと、淡い緑の魚が通り過ぎた。精霊たちが空中を泳いでいる。この不可思議な光景も、見慣れてしまえば案外どうということもない。

「誕生石に、数字、色。パワー、浄化……かあ」

こういうのは、おばあちゃんが話していた気はする。でもスピリチュアルすぎて馴染めなかった。効果が謳われているのは知っていても、それを信じてはいなかったのだ。

実を言うと、今もあまり真剣には信じていない。

しかし、目の前にはたしかに、精霊たちがいる。彼らは意志を持ってはっきりとなにかしようとはしない。ただ持ち主に共鳴して、寄り添う。それを見ていると、パワーストーンの持つ神秘的な力というのがどういうものなのか、なんとなくわかった気がした。

「そう考えると、フクとユウくんの存在はますますもってよくわからないな」

膝の上のフクは、いつの間にか眠っていた。まんまるな背中を慎重に撫でると、細かい毛の感触がふわっと指先を擽った。でもやけに軽くて、煙のように消えてしまいそうな存在感である。たしか、ユウくんはもっとしっかりした実体があった。彼曰く、だんだん成長してあの姿になったとのことだ。成長の方法は彼にもわからない。精霊については、まだまだ謎が多そうだ。

ふいに、キコ、と扉の音がした。やっと来た、お客さんだ。

「いらっしゃいませ」

フクを両手で掬《すく》って、椅子から立ち上がる。入店してきたのは、ややくたびれたシャツを着た、老紳士だった。

「こんにちは。ここが『ゆうつづ堂』かい？」

茶色いハンチングに丸みのある眼鏡、目尻はのほほんと下がった、穏やかな顔つきの人だ。常連さんの顔は覚えてきた私だったが、この人は初めて見た。彼は細い目をもっと細めて、私に微笑みかけた。

「魔法使いみたいな夫人が営んでると聞いていたんだが、これはまた案外お若いお嬢さんの魔法使いだこと」

「ここ、祖母の店なんです」

「ああ、そうだったのか。いやあ、妻からこの店の話は聞いていたが、来たのは初めてでね。そうか、じゃあこの雑貨も、君のおばあさんが作ったものか」

のんびりした声で話し、店の中を闊歩する。彼のそばへ、精霊たちが様子を見るみたいに寄り付いて舞い踊る。古風なおじいさんとカラフルな精霊たちの組み合わせに、なんだか昔懐かしい絵本でも見ているような気分になる。

私の手の中でフクが目を覚ます。フクを肩に乗せ、私はカウンター越しに老紳士の様子を眺めていた。老紳士は店内をゆっくり見て回り、文房具のコーナーで足を止めた。

おばあちゃんの作る文房具は、主にボールペンだ。数ミリから三センチ程度の小さなパワーストーン、さざれ石でクリップをデコレーションしたものや、ペンの頭から石のチャームが垂れ下がっているものなど、デザインは様々だ。特に私が好きなのは、ペンのボディが透明なケースになっていて、その中に特に粒の小さいさざれ石を詰めたものだ。最近よく見るハーバリウムボールペンのようなもので、花に代わって石が入っているのである。

老紳士はペンをまじまじと見比べ、眉間に皺を寄せて真剣に選んでいる。

「なあお嬢さん。若い女の子っていうのは、どんなペンがいいんだい？」

こちらに投げかけられ、私はカウンターから返した。

「そうですね、私はその、ハーバリウムみたいなペン……芯の周りに石が入ってるのが好きです。けど、ここに置いてあるのはどれもかわいいと思います」

「そうか。そうだよなあ。どれもあの子に似合うもんな」

老紳士は難しそうに、それでいて嬉しそうに苦笑した。

「実は、遠くに離れて暮らす孫への、誕生日祝いに贈りたいんだ」

「わあ、おめでとうございます！」

「ありがとう。孫は来年社会人になるから、ボールペンをあげようと思ってどんなのがいいか電話で聞いたんだ。そうしたら、彼女はパワーストーンがマイブームだというんだよ。あの子に最後に会ったのがずいぶん前でね。私には彼女の趣味がわからなくてな……」

「でしたら、石の意味で選んでみてはいかがですか？　お誕生日の贈り物なら、誕生石を入れてみるとか！」

提案すると、老紳士は興味深そうに食いついてくれた。

「そんなのがあるのかい！」

「ええ、今月でしたらペリドットかカーネリアンになります。さらにいえば、数秘守護石というものもありますよ。生年月日をひと桁ずつ崩して、足した数字を『数秘』といい、その数字に石が割り当てられてるんです」

石の本を読んだばかりの私は、詳しくなった気になって饒舌《じょうぜつ》になった。ペリドットは緑色で、カーネリアンは赤だったのも覚えている。老紳士がほう、と感心する。

「生まれた日の石か、運命的で素敵だね！　ぜひそれで選ぼう」

私は「やった！」と内心飛び跳ねた。自分の紹介で石を選んでもらえるというのが、こんなに嬉しいとは。老紳士が満足げに微笑みながら、お孫さんの数を計算している。

その横顔に、フクがふうんと呟く。

「詩乃、いつの間にそんなの覚えたんだ」

「フクが寝てる間にね。どう、少しは認めた？」

ひそひそ声で返すと、フクはやはり顔を背けた。

「全然！　叶子にはまだまだ届かないな」

これから成長するの、と言い返そうとしたとき、老紳士の計算が終わった。

「三、だな」

彼の声を受け、私はカウンターに置いた本を再び開いた。ページを捲り、数秘と石の説明をしたその項目に辿り着く。

「三。シトリンと、キャストライト、ラブラドライト」

書いてあるとおりに読み上げてみるも、その石がどんな色でどんな効果かはわからない。老紳士は、期待に満ちた目を私に向けていた。

「じゃあ、誕生月の石と数秘守護石を両方使ったボールペンがいいな。どれがそうなんだい？」

「そうですね！　ええと、ペリドットかカーネリアンが入ってて、数秘守護石も入ってるのは……」

その私の肩の上で、フクが急にまずそうな声を出した。

「あ！　そっか、今月……！」

なにか思うことでもあるのだろうか。私はフクの反応は一旦置いておいて、カウンターを出て老紳士のいるペンの棚へと駆けつけた。肩の上で、フクが慌てた声で叫ぶ。

「ま、待て、詩乃」

だが私は今は接客対応中だ。それも、お客さんにすごく良いプレゼンができた。このチャンスは逃さず、絶対に喜んで帰ってほしい。

だが数秒後、棚を見て唖然とした。

「あ、あれ？」

ペンの置いてある棚に、思った色のペンがない。フクが大きくため息をついた。

「ないんだよ……。ペン以外にも、この店の在庫には今、ペリドットもカーネリアンもない」

やってしまった。石のことをあまり知らず、この店にはいろんな種類の石があるなとしか思っていなかったから、なんでもあるような気がしていた。目的の石に限ってないだなんて。久々に、自分の運の悪さを実感した。

頭が真っ白になった私に、老紳士がきらきらした目で聞いてくる。

「どれが孫の石なんだい？　どんな色なのかな？」

お客さんの期待値を、こんなに上げてしまった上でのこの事態だ。ここで「ありません」なんて言ったら、この人をどれだけがっかりさせてしまうだろう。

声が出なくなって固まっていると、扉がギコッと音を立てて大きく開いた。

「どうもー！　詩乃ちゃん、こんにちは！」

元気よく入ってきたのは、今日もスーツの青嶋さんである。

「今日ね、うちに入ってる清掃業者さんから飴をいっぱいもらったんだ。詩乃ちゃんにもあげ……ん？　どうした、なにこの空気」

気まずい雰囲気を察知して、彼の顔が笑顔のまま強ばる。石化が解けた私は、改めて老紳士に向き合った。

「すみません。さっき申し上げた石のペン、取り扱いがありませんでした」

途端に、あんなに輝いていた老紳士の顔が曇ってしまった。

「そうなのかい？　なんだ、これ以上ないくらい孫にぴったりだと思ったんだが……」

「本当にすみません……」

代わりに別の石を紹介しようか、とも考えた。でも、誕生日プレゼントに誕生日にちなんだ石を贈る考えは、この老紳士にあんなに喜んでもらえた。これを超える提案なんて、思いつかない。なにを言っても、妥協案になってしまう。フクが私の腕を行ったり来たりして、はらはらと様子を窺っている。

老紳士は、そうか、と噛み締めるように呟いた。

「いや、いいんだ。ないものは仕方がない。君は悪くないさ。素敵な贈り物のヒントをもらえた、それだけで十分ありがたいよ」

彼は力なく微笑み、ペンの棚を離れた。まるで目的を見失ったみたいにふらふらと歩き、少し立ち止まり、やがて店の扉へと向かっていった。半開きになっていた扉を押して、こちらを振り向く。

「お嬢さん、ありがとう。また来るよ」

そう言うと、彼は店を出て行った。閉まった扉を見ていると、ずっしりとした罪悪感が襲ってきた。老紳士のあの期待に満ちた瞳から、光を奪ってしまった。せっかく、私の石の紹介を聞いてくれたのに。ぬか喜びさせてしまった。

事情を察したらしい青嶋さんが、「なるほどねえ」と小声で漏らした。

「ねえ詩乃ちゃん、ないなら作っちゃえばいいんじゃね？」

「え……!?」

私とフクは同時に青嶋さんを振り向いた。彼はにやっと笑い、わざとらしく声を潜める。

「ここだけの話。先日弊社にて、ハンドメイド用クリア封入ケースボディのボールペンに新作が登場しましてね。頑丈かつ軽量、そしてかつてない透明感。全社員一同、満を持してお薦めします」

深夜の通販番組みたいな、胡散臭い口調のセールストークがいたずらっぽく囁かれる。

「こちらがなんと今！　試供品を一本、無料でお試しいただけま……」

彼が言い終わるのを待たず、私は勢いづいて駆け出した。腕にいたフクは吹っ飛ばされた。閉まっていた扉を大きく開いて、身を乗り出して、叫ぶ。

「待ってください！」

外にはまだ、あの老紳士の後ろ姿があった。私の声に、驚いた顔で振り返る。私は、声のボリュームを落とさずに続けた。

「お孫さんのお誕生日まで、あとどれくらい時間ありますか!?」

「ええと、十日」

老紳士が戸惑い気味に答える。私ははあ、と大きく息を吸い直した。

「五日……いや、三日待ってください。私、作ります！　必ず。いちばん良いペンを、私からもプレゼントさせてください！」

大声で宣言した。庭木の葉がさわさわ揺らめき、蟬の声が降り注ぐ。老紳士はしばらく絶句したのち、にこっと目を細めた。

扉を閉じて店内に戻ると、青嶋さんがぽかんとしているのが見えた。フクも、丸い目をもっとまんまるにして私の肩に上ってきた。

「びっくりしたぞ……。詩乃って、変に大胆なとこあるよな」

私も、自分自身に驚いている。まさかこんなに堂々と言い切ってしまうとは。作ったこともないくせに。驚嘆顔だった青嶋さんは、再びいつもの余裕ありげな笑みを取り戻した。

「やるじゃん、詩乃ちゃん。ハンドメイド、やりたくなさそうだったのに。急にどうした？」

「焚《た》きつけたの、青嶋さんじゃないですか」

「いや、半分冗談半分セールスのつもりだった。まさか本当に、やる気になるとはね」

彼はそう言って笑い、腕を組んだ。

「さて。期限は三日だったっけ？　じゃあ今すぐ事務所に戻って、試供品もらってくるよ」

「あの、それなんですけど」

帰ろうとする青嶋さんを、私は早口で呼び止めた。

「一ロット、いくつですか？」

「十個からだけど……まさか⁉」

またまた青嶋さんが目を剥く。私は深く頷いた。

「失敗しちゃうかもしれないので、たくさん欲しいです。中に入れるさざれ石も、妥協したくない」

なんでこんなに熱くなったのか、自分だってわからない。うまく作れるかどうかだって自信がない。でも、あの老紳士を、今度はちゃんと喜ばせたい。

私の真剣な気持ちが届いたのだろう。青嶋さんは、なんだか嬉しそうだった。

「パワーストーンのさざれ石。今なら、詩乃ちゃん応援特別大特価サービス中だよ」

＊　＊　＊

その日、店を閉めた私は、町の文房具店でスケッチブックと色鉛筆を買った。そして同じ屋根の下にありながら扉を開けさえしなかった一室——おばあちゃんの工房に、足を踏み入れた。お客さんのために、ペンを作る。未経験の私の初めてのハンドメイド、そのデザインを起こす場所に、私はこの部屋を選んだ。

工房は、五歳のときに危険に触れて以来一度も入っていない。勝手に開かずの扉にしていたその入り口を開けるのは、妙に緊張する。

中は最後に見た記憶のまま、あまり変わっていなかった。壁際に聳《そび》える木製の引き出し、その横の棚に押し込まれたカラフルな布生地。部屋の隅に立てかけられているステンドグラス用のガラス板、切り出されたあとのある金属板。大きな釜。中央には広い作業台があり、その上にはなにに使うのかわからない道具が放置されていた。とにかく雑多にして、カオス。店も家の中もきれいなのに、ここだけは別世界みたいに、物が乱雑にひしめいていた。

私の肩で、フクが呆れた声を出す。

「うわー、いつ見てもすっげー部屋。おい詩乃、ちゃんとスリッパは履いてるか？　ガラスや針を扱ってた部屋だ、危ないものが落ちてるかもしれないからそれだけは守れよな」

「うん、履いてるよ。フクって、私に辛辣なわりに気にかけてくれるからかわいいよね」

不意に言ったら、フクはギャーギャー怒りだした。

「はあ!? 別に優しくしてやったわけじゃないからな！ 詩乃は不運っていうか、不注意で怪我しそうだから……そう！ あんたが怪我すると叶子が悲しむだろ。叶子のためであって詩乃の心配してるんじゃないからな！」

フクは口が悪いけれど、天邪鬼《あまのじゃく》なだけなのだろうな、と最近思う。

少し埃っぽい工房の中を、ゆっくり歩いてみる。壁沿いの引き出しを、そっと開けてみた。最初に開けた中には、仕切りのある箱が入っており、パワーストーンがたくさん入っていた。様々な種類、大きさ、形があって、その美しさに息を呑んでしまう。おばあちゃんの雑貨作りの、メイン材料といっていいものだ。

次の引き出しには、切り出された金属片が入っていた。いずれも生き物の形に象《かたど》られている。おばあちゃんが雑貨に付けている、モチーフ素材だ。ひとつひとつ、おばあちゃんが手作業で切り出しているのである。中には小指の爪ほどのサイズのものもあり、おばあちゃんの手先の器用さに改めて驚かされた。

その隣の引き出しには、小さなドライフラワーが入っていた。本物のドライフラワーもあるが、よくできた造花もある。いずれにせよ、これも雑貨のアクセントになる部品だ。

ほかの引き出しもひととおり開けてみた。ビーズやレジン液などの色鮮やかな材料もあれば、ストラップやネックレス、ピアスのパーツ、テグス、刺繡用の糸、ニッパーやペンチなどの道具類と、様々なものが引き出しごとに整理されて眠っていた。

引き出しを開けたり閉めたりする私に、フクが怪訝な顔をする。

「なにしてんだ？」

「見てるだけ。おばあちゃんがここで作業して、いろんなものを生み出してたんだなって実感するから」

普段私は、おばあちゃんの雑貨を完成品しか目にしない。しかしこういう部品や道具を見ていると、雑貨がひとつ生まれるまでにおばあちゃんが時間と手間をかけたのを、ひしひしと感じさせられるのだ。

引き出しを閉め、スケッチブックと色鉛筆、それから『鉱石辞典』を、作業台の上に置く。使い古されたスツールに、腰を下ろす。今からするのは、スケッチブックに絵を描いて、ペンのデザインを考える作業――エスキースだ。特別な道具はいらないから、作業自体は店でも寝室でもどこでもできる。それでも、私がこの工房でやりたかったのは、ほかでもない、気持ちの問題である。おばあちゃんが数々の雑貨を生み出してきたこの場所なら、私にも力が降りてくるような気がしたのだ。

置いた色鉛筆の脇には、おばあちゃんの作業道具がある。作業台についてみると、景色の見えかたが変わってくる。一見無造作に散らばって見える道具は、絶妙な具合に邪魔にならない場所に置かれている。よくよく見ると物の定位置は決まっており、作業するであろう範囲の中にまとまっているのだ。おばあちゃんが使いやすいように馴染ませた環境なのだろう。おばあちゃんがいかにして多種多様なハンドメイドを始め、いかに極めたかが窺える。この部屋は、おばあちゃんの魂が宿る場所だ。ここにいれば、おばあちゃんが私の背中を押してくれる。

スケッチブックの白いページに、色鉛筆の先を当てる。ペンのデザインを考えよう。まず、イメージを膨らませる。ペンの中に入れたい石は、緑色の石、ペリドット。赤い石、カーネリアン。いずれも八月の誕生石だ。続いて数字、三の石であるシトリン、キャストライト、ラブラドライト。シトリンは透き通った蜂蜜色の石で、キャストライトは黒い模様のある茶色い石。ラブラドライトは、見る角度によって色が変わって見える神秘的な印象の石だ。

「全部入れたら、石の持つ意味や効果が盛りだくさんになるよね」

色鉛筆片手に頬杖をつく。フクがとんと、スケッチブックの脇に降りてきた。

「全部はやりすぎじゃないか？　ラーメンみたいに全部載せすればいいってもんじゃないんだぞ」

「たしかに、色もぐちゃぐちゃになっちゃいそうだもんね。この中からいくつか選んで、組み合わせてみようか」

色の組み合わせから、デザインを考えてみる。色鉛筆をスケッチブックの上に滑らせ、色と色の相性を見比べた。緑と茶色だと、落ち着いた雰囲気になる。赤と黄色は、派手になる。互いの色を強調し合ってよく目立つ。次は三色入れてみようか。色を入れる順番を替えてみるか。いろんな色を交互に入れて、模様を作ってみるのもいいかも。

色の乗っていくスケッチブックの端で、フクが呟いた。

「詩乃……センスないな」

容赦のないコメントが、私を突き刺した。

「う、うるさいな。初めてなんだから仕方ないじゃない」

「あれ？　雑貨メーカーの仕事してたって言ってなかったか？」

「してたけど、手作りとはまったく別の話だよ」

「そうなのか。雑貨メーカーって、叶子みたいなのがいっぱいいて、大勢で作ってる場所なんじゃないのか？」

この店の外の世界をよく知らないのだろう。ラーメンの全部載せは知っているくせに、フクが独特な想像をしている。それがなんだかいじらしくて、つい吹き出した。

「係りが決まってて分担して仕事してるんだよ。私は企画をして、それを作ってもらう部署にいたの」

「なんだ、詩乃は叶子みたいに工房でモノ作りしてたわけじゃないのか。あれ、でもエスキース描くのって、まさにその『企画』の段階じゃないのか？　初めてじゃないじゃん」

フクが無垢に私の傷を抉《えぐ》ってきた。

「……企画の部署にいたけど、雑貨作りはさせてもらえなかったんだよ」

あの会社での自分を、あまり思い出したくない。企画の部署にいながら作らせてもらえなかった、認めてもらう機会すらなかった自分が情けなくて、気持ちが落ち込んでしまう。フクが不思議そうに私を見上げている。

「なんで？　詩乃は仲間に入れてもらえなかったのか？」

「ふふっ。当たらずといえども遠からずかな。思ったようにいかないのが人間の社会なの」

最後の方は、自嘲気味にぼやく。フクはしばし沈黙し、やはりわかっていなそうな顔で首を傾げた。

「ふうん。人間って、変なの」

「本当、フクの言うとおりかもね。私にセンスがなかったのを、上司は見破ってたんだね」

なんて愚痴めいた自虐の言葉を漏らしてから、私は自分の頬を引っぱたいた。今は過去にくよくよしている場合ではない。

「そんなわけで、私にはセンスがないのでフクも一緒に考えてよ」

「やーだ！」

つれないフクは私から逃げ出し、作業台の端っこで居眠りを始めてしまった。

＊　＊　＊

翌日。私は店のカウンターに立ちながら、少しうとうとしてしまった。昨晩はペンのエスキースに没頭して、うっかり夜更かししてしまった。考えついた色の組み合わせ、色の並びのパターン自体は多くないのだが、プレゼントにする一本をどれにしようか、そこに迷って寝つけなかったのである。延々と考えて絞った候補は、三つ。

第一候補が、ペリドットの緑とシトリンの黄色のグラデーション。ふたつめはカーネリアンの赤をベースに、ラブラドライトでポイントを入れるもの。もうひとつが、キャストライトをメインにしてカーネリアンで水玉模様を作る案。フクにどれがいいか聞いたけれど、真面目に取り合ってもらえなかった。

自分の中で答えが出ないまま、昼頃に青嶋さんが配達にやってきた。届いたのは、ボディが透明のボールペン十本である。ハンドメイド用の、クリア封入ケースボディボールペン。蓋が外れて、ボディの中に好きなパーツを封入できる。すでに石が注がれた、おばあちゃん作の完成品は毎日見ているが、からっぽの状態は初めて見た。魂が入っていないそれは、なんだか〝虚無〟な感じがした。

一緒に、それぞれのパワーストーンのさざれ石もやってきた。小さな袋に入ったそれは、大きさも形もまばらだが、その粒ひとつひとつが美しい艶を輝かせている。袋から数粒だけ手にとって、スケッチブックに描いた色のとおりに並べてみる。実際の石で見ると、また違った印象になる。しかしそうして石を並べてみても、やはり最終候補の三つからは絞り切れなかった。

散々迷った挙句、私はおばあちゃんの意見を仰ぐことにした。お見舞いのついでに、病室にスケッチブックを持ち込む。

「……というわけなんだけど、おばあちゃん、どの色合いがいいと思う？」

布団から上体を起こした姿勢で、おばあちゃんは私のスケッチブックを凝視していた。ベッドを挟んで私と反対側にいるユウくんも、身を乗り出して覗き込んでいる。ふたりとも無言のまま、数秒が経過した。プロの手芸作家であるおばあちゃんから見たら、私の考えるエスキースなんて拙《つたな》いものだろう。急激に恥ずかしくなってきて、私は沈黙に耐えられなくなった。

「ごめん、私、センスないからさ。全部ダサくてびっくりさせちゃったよね」

「まさか！」

返ってきたおばあちゃんの声は、晴れやかに弾んでいた。

「すごく嬉しくて言葉をなくしちゃっただけ！　まさか、詩乃ちゃんが雑貨作りを始めてくれるなんて！」

スケッチブックから上がったおばあちゃんの瞳は、おもちゃをもらった子供のように輝いていた。

「嬉しいわ、いつか詩乃ちゃんに手作りの楽しさを知ってほしいと思ってたの。でも本人がやる気になったらにしようと思って、こっちから無理に誘うのはやめてずっとチャンスを待ってたのよ。それがこうして、エスキースを起こして持ってきてくれた！」

早口に捲くし立て、エスキースに目を戻したかと思うと今度は愛おしそうにスケッチブックを抱きしめる。私の方も、こんなに喜ばれるとは思っていなかった。

「それで、どれがいいと思う？」

「全部作ってみたらいいじゃない。それでお客さんに選んでもらえばいいわ。ボールペン、たくさん仕入れたんでしょ？　そうだわ、最終候補の三つ以外も全部作りましょ！　作れば作るほど感覚を掴んで、上手になっていくんだもの。どんどん作りましょ！　工房にある材料も、好きなだけ使っていいわよ！」

おばあちゃんは嬉しくて仕方ないらしく、とにかく量産させようとする。おばあちゃんに聞いても答えは出ないか、と諦めかけたときだった。

「でも、そうね。私なら、これを作ったと思うわ」

おばあちゃんがすっと、指先をスケッチブックの中に置いた。

「驚いちゃった、私が真っ先に考えそうなデザインを、詩乃ちゃんも考えたのね」

彼女が指し示したそれは、ペリドットとシトリンのグラデーションのデザインだった。

「石同士にも、相性があるの。詩乃ちゃんもご存じのとおり、石にはそれぞれに意味があるけどね、組み合わせによってより効果を高めあったり、或いは全然違う意味に変わることだってあるわ」

「えっ、そうなの？」

「うん。だから個々の石に嬉しい効果があるからってなんでもごちゃ交ぜにして全部使うより、組み合わせたときに相乗効果のある石を合わせたらもっと素敵になるの」

危なかった。フクに止められるまで、全部入れる気でいた。おばあちゃんが再び、目線をスケッチブックから私に移した。

「ペリドットとシトリンの組み合わせは、相性が良いのよ。前向きな気持ちにさせてくれるペリドットと、太陽のパワーで明るさをくれるシトリン。この組み合わせは持ち主に自信を持たせてくれて、頑張りすぎちゃった心を癒してくれるの」

そうだったのか。組み合わせで発揮される力があるなんて知らなかったが、偶然にもこの組み合わせはポジティブなメッセージになっていたようだ。おばあちゃんが手を叩く。

「知らずにこの組み合わせを考えたのよね、詩乃ちゃんセンスあるわね！　さすが、私のかわいい孫。才能がある！」

思わず耳を疑った。石をごった煮にしようとしたり、思い浮かぶままに色を組み合わせたりして、フクから「センスない」と一蹴された私に、その言葉が向けられたことに。

「買いかぶりすぎだよ。たった五つの決まった石の中からふたつ選んだだけなんだから、たいした確率じゃないよ。単純に色の組み合わせで選んだんだし」

あまり褒めちぎられると戸惑ってしまう。でも、おばあちゃんが作るとしても選んだであろう石を自分で見出せたのは、純粋に嬉しかった。

先日の老紳士のお孫さんは、来年、新社会人になる。私は、自分が社会に出たばかりの頃を思い起こした。夢を追って入社した雑貨メーカー。失敗したくなくて、緊張しっぱなしだった。早く一人前になりたくて努力したけれど、うまくいかないことが多くて何度も挫《くじ》けそうになった。今の私も、転職したばかりでわからないことだらけだから、似たようなものだ。初めての社会人経験は、新しい発見の連続だ。その分、不安も尽きない。そんなときに、応援する人の祈りを込めた石が、心の支えになれば。

そう思ったとき、結論は無意識の内に口からまろび出ていた。

「これで、作ってみる」

「あら。全部作ったっていいのよ！」

おばあちゃんはまだ嬉しそうににこにこしていた。

＊　＊　＊

その夜、私はまた工房に入った。青嶋さんから納品されたボールペンと、ペリドットとシトリンのさざれ石も持ってきた。肩にはフクもいる。素っ気ない態度のくせに、なんだかんだついてくる。私はペンと石を作業台に置いて、深呼吸をした。

この部屋に来ると、気持ちが引き締まる。スツールに座って、さっそく、石の入った袋を開けた。私が作業に取りかかると、フクは作業台に降りて私の手元を眺めはじめた。

ペリドットの粒を手の中に出してみる。石同士が重なり合って、チリ、と小さな音を奏でる。透き通った明るい緑色は、新緑のような爽やかさがあった。それからふと気がつく。石の周りになにやらぽわぽわと、緑色のオーラのようなものが見える。最初は光が反射して色が広がって見えたのかと思ったが、どうやらそうではない。石がなにか、微かな光の帯をまとっているのだ。シトリンも手の中に空けると、やはり黄色っぽい、きらきらした光の膜のようなものが見えた。

よくわからないが、とりあえず、からっぽのボールペンのボディを開けて石を入れてみた。ペン先の方にシトリンを入れ、無色だったペンをほんのり黄色く染めあげていく。フクがじっと、ペンを見つめている。

途中まで入れたところで、私はスツールから立ち上がった。背後の壁の棚から、引き出しをひとつ、開けた。ドライフラワーと造花の入ったそこから、白い小さな花を少しだけ拝借した。スツールに戻って、再びペンを手に取る。途中まで石の入ったボールペンの中に、先程持ってきた花を入れてみた。黄色い蜜の中で、白い花が控えめに咲く。

フクがへえ、と呟いた。

「花、入れるんだ」

「うん。ほら、石そのものにも組み合わせにも意味があるって、なんだか花言葉みたいだからさ。これは誕生日のお祝いだし、門出の応援でもあるから、花束のイメージで」

言ってから、手を止めてフクの顔を見た。

「変かな？」

フクは私と目が合うと、数秒黙ってから、ふいっと目線を外した。

「……さあ。いいんじゃね？」

歯切れの悪い反応だ。やはり合わないだろうか。不安になってペンの中身を出そうとすると、フクはハッと、勢いづいてこちらに顔を向けた。

「あっ、おい。出しちゃうのか？」

「やり直そうかと」

「直さなくていいだろ、せっかく……！」

早口でなにか言いかけて、フクは途中で口を噤《つぐ》んだ。そしてもぞもぞと丸くなる。

「変なんて言ってないし。花束って発想、悪くないと思う。知らんけど」

こちらに背中を向けて、顔を見せてくれない。

「『センスないな』って言ったの、あれ、取り消す」

はっきりした言い回しではないが、私にはそれだけで十分だった。それまで胸の中にうっすらあった迷いが、全部自信に変わった気すらする。

「素直に褒めてくれればいいのに」

「褒めてないかんな！」

フクは捨て台詞を吐いて、それきり黙ってしまった。

私は花を入れたボールペンに、再びシトリンを入れた。続いて少量のペリドットを入れて、また花を入れ、シトリンを入れ、ペリドットを足す。少しずつペリドットの割合を増やして、黄色と緑のグラデーションを作っていく。作業中に思い立って、ペンのクリップに花と石で飾りをつけてみた。躊躇《ちゅうちょ》もあったが、フクの不本意げな言葉が私の背中を押した。もし失敗しても予備のペンはある。おばあちゃんだって、どんどん作るべきだと言っていた。やってみたいと思うことは、やれるだけやってみよう。

ペンを飾り終えて、私は最後に蓋を閉じた。手の中で、明るい彩りのペンがきらきらと輝いている。

「できた！」

爽やかな黄色と緑の光の中には、ちりばめられた白い花が愛らしく存在感を放つ。これが、私の初めての手作り雑貨だ。

胸がどきどきする。なんとも言えない高揚感が、私を包んでいる。世界にひとつだけ、お客さんのためだけに生まれた、オンリーワンだ。それがこの手で生み出されるという感覚。作業自体は特別器用でなくてもできる工程だったが、それでも達成感がある。なんて楽しいのだろう。

と、そのときだ。いつの間にか、ペンのクリップに小さな光の粒がくっついているのに気づいた。指先に乗るほどの大きさの、丸い粒である。よく見ると、テントウムシだ。緑の翅《はね》に黄色い水玉模様のあるテントウムシが、体に白い花をまとってペンを登っている。

「これ……精霊？」

そうか。想いを込めた石には、精霊が宿る。応援の気持ちを詰めた私のこのペンにも、こうしてテントウムシの精霊が生まれたのだ。もしかして、ペンに入れる前に見たかすかな光は、精霊のたまごのようなものだったのだろうか。

私はスツールを立ち、おばあちゃんの引き出しを開けた。動物の形に切り出されたプレートの中から、丸っこい形を探す。あった。テントウムシのモチーフが、引き出しの奥に眠っている。私はそれを、ペンのクリップに飾り付けた。これで、本当に完成だ。

テントウムシが、高みを目指すみたいにペンを登っていく。その姿に私は、自分まで励まされた。

＊＊＊

後日、店にあの老紳士がやってきた。扉が開いて彼の顔とハンチングが見えた途端、私はカウンターを飛び出した。

「来てくださったんですね！」

「もちろん。楽しみにしていたよ」

老紳士は穏やかに笑ってくれた。初めて来てくれた日に期待に応えられなかったのだから、このままなかったことにされてもおかしくなかったのに、やはりこの町の人には心優しい人が多い。私は老紳士に、彼を待っていたペンを差し出した。

「こちらです。いかがでしょうか？」

瞬間、老紳士の瞳が輝く。

「わあ……！　フレッシュな色で、なおかつ華やかで可憐だ。これが、孫の誕生日と縁のある石なのか。なんと美しい」

老紳士の指先に、テントウムシがよじ登っている。私は恐縮しつつ、カウンターへ戻った。レジの裏から、新たにペンを五本取り出す。

「ほかにもこんなのも作りました。こっちがカーネリアンがメイン、こっちは先程のと同じ石で、中の花が黄色いもので……」

実はあのあと、私はさらに追加でペンを作った。たくさん作って選んでもらう、というおばあちゃんの言葉を受けて、空いた時間に増やしてみたのだ。初心者でも難しくないし、慣れてくると手際がよくなってこれだけ増やすことができた。

老紳士はまるで宝石箱でも見つけたかのようにペンを覗き込み、ひとつひとつ丁寧に見比べた。そして、最初に手にしたペリドットとシトリンのペンを掲げる。

「これがいい。どれも素敵だが、このペンがいちばん、惹かれるものがある」

「かしこまりました。贈り物用にラッピングしますので、少々お待ちください」

私はカウンターの内側から、ラッピング用の箱とリボンを取り、ペンを詰めた。花を着飾ったテントウムシも、箱の中に一緒に収まっている。これから旅立つこの精霊に、私は胸の中で「よろしく伝えてね」と呟いた。

ペンを作ったあと、なんとなく気になって調べたのだが、テントウムシは幸せを知らせるシンボルなのだそうだ。上へ上へと向かっていく習性があるから、『天道虫』。もしかしたらあのペンには、お日様の石シトリンが入っているから、テントウムシが宿ったのかな、なんて思う。

老紳士は財布を出そうとしたが、私はそれをお断りした。

「お気持ちだけで十分です。初めて作った素人の作品なので、お代はいただけません」

「そうかい？　でも……」

老紳士は戸惑っていたが、私の気持ちをわかってくれて、静かに頷いた。

「ありがとう。こんなに気持ちの籠った贈り物を用意できたことを、誇りに思う」

淡いクリーム色の箱に、白いリボンをかける。ラッピングされたボールペンを受け取ると、老紳士はハンチングを外して、深々とお辞儀をした。

「この店に出会えてよかった。本当にありがとう」

「こちらこそ、ありがとうございました」

私も深く頭を下げ、心からのお礼を言った。これまで勇気も自信もなかった私に、手作り雑貨を作るきっかけをくれたこの人には、感謝しかない。

老紳士は店を出て行く最後の瞬間まで、私に何度も会釈した。満足げなその顔が、私にはなによりの報酬だ。カウンターの端でフクが丸まっている。私はその背中に声をかけた。

「フクもありがとう。フクが一緒にいてくれたから、あの人が喜んでくれるものを作れたよ」

「なんもしてないし……」

フクは籠った声で言いかけたあとで、むくっと顔を上げた。

「ま、俺のおかげかもな。詩乃には俺がついてないと、まだまだだもんな」

「生意気だなあ」

これでいて少しは私を認めてくれたのだろうが、口が悪いのは相変わらずだ。

再び、店の扉が開いた。老紳士と入れ替わりでやってきたのは、青嶋さんである。

「よっす。今、あのおじいちゃんとすれ違ったよ。あの顔見ればわかる。ペン作り、うまくいったみたいだね」

「こんにちは。おかげさまでなんとかなりました」

ペンを作れたのは、青嶋さんの後押しのおかげでもある。

「あのタイミングで青嶋さんが来てくれてなかったら、こんなにうまくいきませんでした。ありがとうございます」

青嶋さんも嬉しそうに口角を吊り上げた。

「なんのなんの。俺はたまたま居合わせて、力を貸しただけ。作るって決めたのも、良いものを作ったのも、お客さんを喜ばせたのも、全部詩乃ちゃんだ。もっと自信を持っていいんじゃない？」

冗談を言うような軽やかな口調だが、社交辞令っぽくは聞こえない。私はカウンターに肘を載せて、前のめりになった。

「まだからっぽのペン余ってるので、もっと作ってみようかと思ってます」

「お！　いいね、その意気だ。そうだ、ペンばっかりじゃなくてイヤリングを作ってみない？　パーツに取り付けるだけの、簡単なのがあるよ」

彼はそう言うと、鞄からカタログを取り出した。

「これ先月出たばかりの一押し商品！　このパーツは取り付け簡単なだけでなく耳が痛くなりにくい、外れにくい仕様。すでに多くの手芸作家さんからご好評いただいております。お色はゴールド、シルバー、アンティークゴールドの三種に加えお客様のご要望にお応えし来週からピンクゴールドが仲間入り！」

滔々と話す彼に圧倒されていると、カウンターの端でフクが呆れ声で言った。

「こいつ、詩乃が一度あっさり買ったからって、良い客になると思って付け込んできたな」

数日後、老紳士がお礼のお菓子を持って店に来てくれたのは、また別のお話である。

Episode 4　スモーキークォーツのインスピレーション

『ゆうつづ堂』の店番を始めて、三週間ほどが経った頃。リハビリ中のおばあちゃんは、私が持ってきたそのチラシを見て、ああ、と大きく感嘆した。

「そうだったわ！」

松葉杖をつくおばあちゃんは、屈託のない笑顔で言った。

「そうなの、来週末、海浜公園でマルシェがあるのよ」

それは、今日の昼下がりのことだった。町内会長の奥さんが、このチラシを持って店にやってきたのである。『海浜公園手作りマルシェ』、すなわち手芸作家が持ち寄る手作りグッズの即売会がもうすぐ開催されるらしく、『ゆうつづ堂』にもチラシを置いて、お客さんに配ってほしいとのことだった。そのとき初めて知ったのだが、土日の二日間の日程のうち片方、土曜日に『ゆうつづ堂』も参加店舗として名を連ねていたのだ。驚いた私はフクと一緒に、おばあちゃんのお見舞いがてらこのチラシを持ち込み、事情を聞きにきたのである。

おばあちゃんは予定より入院が長引いているものの、ゆっくり回復していた。一定範囲だけなら松葉杖で自由に動けるようになっていて、今日も病室ではなく途中の廊下で顔を合わせた。彼女の隣には、ユウくんが寄り添っている。私たちは、病室に戻る道をおばあちゃんに合わせてゆっくり歩いた。

「このマルシェ、毎年開催されてるものですね。『ゆうつづ堂』は五年前の第一回目の開催から皆勤で参加してるんです。フクも一緒に来てましたよね……寝て過ごしてたけど」

ユウくんに視線を向けられ、肩の上のフクがあくびをする。たぶん、この子は頼りにならない。

「知らなかったよ。それじゃ、このマルシェがある土曜日は、お店じゃなくてこの公園での仕事になるんだね？」

眉間を揉《も》む私に、おばあちゃんが頷く。

「そうよ。言ってなくてごめんなさいね、毎年のことだからすっかり当たり前になってて、詩乃ちゃんに説明するのを忘れてたわ」

こういうとき、おばあちゃんのマイペースぶりに振り回される。

「まあ、それはいいや。お店の雑貨を買ってもらうチャンスだものね」

「うん。急なことで驚かせちゃってごめんね。ユウ、詩乃ちゃんにつり銭の用意やパネルの準備を教えてあげて」

「はい！」

おばあちゃんの指示に、ユウくんが元気よく従う。

マルシェの出店は急だったから驚きはしたが、イベントでの販売自体はいい。準備の詳細も、ユウくんを通して指導してもらえそうだ。しかしそれ以上に、気になっていることがある。

「でもこれ、どうしよう……」

チラシの裏、左下のひと枠。そこには、『手作り雑貨ゆうつづ堂・マルシェ限定オリジナル雑貨販売』の文字があった。私の青い顔にも動じず、おばあちゃんはにこにこしている。

「そうなのよ。このマルシェには毎年、会場限定の雑貨を持っていってたの。今年はなにがあるの？　って、お客さんたちが楽しみにしてくれてるのよ」

「それはすごく良い企画だと思うんだけど、でもおばあちゃん、今年はどうするの？　最近はもう、雑貨作ってないんだよね？」

先日工房に入ったが、店にない雑貨や、作りかけの雑貨はなかった。おばあちゃんがなにか準備している形跡はない。

「ね。本当はマルシェ用に特別に作るつもりだったの。もうお店を閉めるから、今年で最後になるじゃない？　だから、閉店前の有終の美！　ってことで、今まででいちばんすごいものをね。だけど、この体じゃ無理よねえ」

おばあちゃんは骨折した足を見下ろし、残念そうにため息をついた。そういう事情だったか、と私は腕を組んだ。

「仕方ないよね。それじゃあ私から、今年は限定雑貨はないと運営さんに連絡しておくよ」

連絡先は町内会長の奥さんでいいのだろうか。お客さん向けにも、事情を書いた張り紙を作っておかなくては。などと考えていると、おばあちゃんが言った。

「詩乃ちゃんが作ってくれてもいいのよ？」

「無茶振りするねえ。私はお金をもらえるほどのものなんて作れないよ」

私が首を振るも、おばあちゃんは引き下がらない。

「技術に自信がないだけで、作ること自体は嫌じゃないのね？」

「え、ええと……」

そう言われると、返事に詰まる。私はあくまでおばあちゃんが作った雑貨を売るだけのつもりでいて、自分が手作りでなにかを作ることはないと思っていた。でも、先日の老紳士の一件でペンを作ってみて、楽しいと感じた。できあがった瞬間のあの胸の高揚は、まだ忘れられずにいる。でも、おばあちゃんの雑貨を楽しみにしているお客さんからすれば、マルシェに並んだのが私の作ったものではがっかりしてしまうだろう。

「下手なもの作ったって、誰も買ってくれないよ。店の名前を背負う以上、みっともないものは作れない。それも、ラストイヤーならなおさら」

下を向いて言うと、おばあちゃんは頷いた。

「そうね。商品にするものには妥協は許されない。お客さんだってお金を払って買うんだもの、半端な完成度では納得してもらえないわ」

にこにこ笑顔のまま、容赦なく言い切る。

「とりあえず、作ってみなさいな。できたら私のところに持ってきて。だめ出しするから。詩乃ちゃんが作ったものだからって甘やかしたりしないわ。直すところは直す」

そして最後には、優しく付け足した。

「最後の年の限定商品は、私と詩乃ちゃんの合作。それってとっても素敵じゃない？」

おばあちゃんが背中を押してくれるのだ、尻込みするのも情けない。私は思い切って、大きく頷いた。

＊＊＊

それから二日後。私はおばあちゃんの指示のもと、アクセサリーを作りはじめた。準備した材料は様々な色のシルクシフォンリボンと金色のリング、ギザギザの歯がついた横長のクリップみたいな金具、マンテルという輪っかに棒を潜らせるタイプの留め具、パーツ同士を繋げる丸カンやTピンなる細かい部品。それから小さめのスモーキークォーツの球と、色んな石の大きめのルース。

工房の作業台にこれらを広げると、フクがシルクシフォンリボンの横に座った。

「ブレスレットかあ。詩乃に作れるのか？　ペンより難しそうじゃねえか？」

「わかんないけど、やるだけやってみるよ」

作ってみるのは、ブレスレットだ。シルクシフォンリボンをメインに使い、金のリングを通す。そこに小さなスモーキークォーツをいくつかと、主役になる大きな石をひとつ垂らすデザインである。ブレスレットは初心者でも作りやすくて、アレンジの幅も広い……ということで、おばあちゃんが提案してくれた。

今回メインに選んだスモーキークォーツは、くすんだシナセン色の水晶である。華やかではないが、落ち着いた色だからこそどんな服にも合いそうで、アクセサリーとして普段使いしやすそうだったのだ。

シルクシフォンリボンは、さらっとした触り心地の柔らかなリボンである。白やピンク、黄色などの晴れやかな色なら花のような甘い雰囲気になり、黒やネイビーならシックな大人っぽさを醸し出す。組み合わせる石の色でも、甘さを調節できる。

まず私は、数あるリボンの中から群青色の一本を手に取った。三十センチの長さに切って、半分に折りたたむ。そこに金色のリングを通した。と、いじっている間に切りっぱなしのリボンの端がほつれはじめていることに気づいた。慣れない私はあわあわしつつ、ギザギザのクリップ、『紐留め』を手に取った。これにリボンの端を咥えさせ、ヤットコでぎゅっと閉じる。これでリボンの端はほつれない。このタイプの紐留めは、ギザギザの歯をワニに見立てて『ワニグチ』と呼ばれているらしい。素材のほつれを防止してくれて、しかも他の材料と繋げる連結パーツにもなる。パーツ単品だと見慣れないものだが、いざ使ってみると、チョーカーの紐と金具を繋ぐ部分で似たパーツを見たのを思い出した。

リボンの端を処理したら、続いて、穴の開いたスモーキークォーツの球にTピンを通す。Tピンとは、その名のとおりT字形をした材料である。通したスモーキークォーツの根元でTピンを丸めて、リングに繋げるための輪っかを作っていく。細いピンを丸めるためにヤットコを使うが、これがまた慣れないせいでピンが思うように曲がらず、少し手こずる。何度もやりなおしてTピンをぐにゃぐにゃにしていると、フクが不安そうに口を挟んできた。

「叶子がそれやるときは、最初にもっと大きめに曲げて、根元から少しずつ起こして丸めてた、気がする」

「コツがあるんだね」

フクのアドバイスどおりにTピンに大きく角度をつけて曲げてみると、多少歪んだけれどこれまでよりはずっとうまくいった。これで、ぶら下げられるスモーキークォーツのパーツがひとつ誕生した。これをあと五つ作って、それからもうひとつ、金色の閃光が閉じ込められたような水晶、ルチルクォーツにも同じくTピンを通す。数をこなすうちに、Tピンを丸める作業に慣れていく。七個目はかなりきれいな円にできた。

小粒のスモーキークォーツ六つと大きなルチルクォーツのパーツができたら、これをおしゃれなデザインの丸カンに通していく。丸カンに七つの石がぶら下がったら、先程リボンに通したリングに繋ぎ、八の字にする。

あとは紐留めにマンテルを接続すれば、ブレスレットの完成だ。

「できた！」

夜空のようなシルクシフォンリボンに金色のリングと丸カン、そこから垂れる落ち着いた色のスモーキークォーツと、流星群のようなルチルクォーツ。どきどきしながら腕に通してみると、リボンの柔らかな質感が手首を優しく包んで心地よい。腕を天井に向けて伸ばしてみると、下がった石が照明の光を浴びて、煌びやかに輝く。なかなかいいのではないか。

と、そんなブレスレットからひょこっと、指に乗るほどの大きさの牡鹿が顔を出した。体はゆらゆらと煙が詰まったような灰褐色で、金の筋模様が入った透き通った角がある。

「わあ、きれいな精霊が生まれた！　見て見てフク、鹿だよ」

腕ごとブレスレットをフクに向ける。フクはやる気のなさそうな顔でこちらを一瞥した。

「ふうん。まあまあいいんじゃない？」

スモーキークォーツを使った理由は、色のほかにもうひとつ。堂々とした自信を持たせてくれる、大地の石だからだ。実は本で調べたのだが、心を落ち着かせ、創造力や発想力を高めてくれる石なのだそう。一緒に使ったルチルクォーツと組み合わせると、潜在能力、集中力、直感力を高めてくれるのだとか。この石と鹿の精霊を見ていると、不思議と次のアクセサリーを作りたい気持ちが高ぶってくる。

「次はメインの石を華やかなピンクの石にして、このスモーキークォーツのところをパールに替えてみよう。リボンはピンクか白、どっちがいいかな」

同じ形のブレスレットでも、リボンの色と石の組み合わせ次第で雰囲気がぐっと変わる。リボンも石もたくさんあるのだ、できるだけたくさん試してみたい。

「そうだ！　ブレスレットとお揃いのリボンと石を使って、ヘアゴムやシュシュを作ってみるのもいいかも。親子でペアルックにできるように大人向けと子供向けを作ってみるとか！」

ひとつできると、次のアイディアが湧いてくる。手を叩く私を横目に、フクがあくびで返事した。

「全部作ったらいいだろ」

「そうだね、そうする！」

そうして私はひと晩じゅう、シルクシフォンリボンと石でアクセサリーを作っていた。

おばあちゃんの店の、最後のマルシェ出店だ。私も気合を入れて、有終の美を飾りたい。

＊　＊　＊

そして迎えた、手作りマルシェ当日。よく晴れた空に、日差しを受けて煌めく波間、カモメの声。レンガ色のインターロッキングが敷き詰められた海辺の公園は、なかなかの賑わいを見せていた。広い園内に長テーブルが並べられ、決められたスペースごとに手芸作家各位が自信作を展開している。その種類はビーズアクセサリーから編みぐるみ、寄せ植え、粘土細工などなど様々だ。

くじで決まった『ゆうつづ堂』のスペースは、公園の東の端、木陰の下だった。ここに白いクロスのかかった長テーブルとパイプ椅子が置かれており、私は朝からこのテーブルに、持ち込んだ雑貨を陳列していた。昨日の夜までこつこつ作ったシルクシフォンリボンのアクセサリー十五点と、もとから店にあったおばあちゃん作の雑貨を数点。私の作品とおばあちゃんの作品が並ぶと、やはりどうしても初心者の私の作品は見劣りする。頑張って作った気持ちは本物だが、おばあちゃんと同じだけの値段をつけるのは忍びなくて、少し割安に設定した。

完璧な仕上がりのおばあちゃんの雑貨を見ながら、おばあちゃんとの会話を思い起こす。ここへ来る前日、私はおばあちゃんの病室へと、出来上がったアクセサリーを見せに行った。

「すごいじゃない詩乃ちゃん！　すごくかわいいわ」

ブレスレットを掲げ、おばあちゃんは私が恐縮するほどべた褒めした。

「この色も、ふわっとした形も、全部素敵ね。石のチョイスも良いわ」

「でも、使ったことのないパーツを使うのに、結構苦戦しちゃって」

私がはにかむと、おばあちゃんは紐留めの周りなど、細かい部分を覗きはじめた。丁寧にチェックして、やがて小刻みに頷く。

「まあまあ、たしかに処理が甘いところは目立つけど、許容範囲かしらね。あ、でもここはもうちょっと締めたいかな……」

プロの目になったおばあちゃんが、素手で金具を押したり、はみ出たリボンのほつれをはさみで切ったりして微調整する。結構直したのち、おばあちゃんは私にアクセサリーたちを返してトンと背中を叩いた。

「大丈夫。明日のマルシェ、絶対に成功するわ」

そうして迎えた今日。私の左腕では、ルチルクォーツのブレスレットが日の光に煌めいている。ブレスレット第一号であるこれは、Tピンの処理がまだ下手で歪《いびつ》になってしまったので、商品にはせずに見本として自分の手首につけることにした。

野外でも、精霊たちはもちろんついてきている。テーブルの上の雑貨に宿る子たちが、スペースの周りをふよふよと浮遊する。ルチルクォーツのブレスレットの鹿も、私の腕の周りを漂っている。それから商品が並ぶテーブルの端には、フクも来ている。

「賑わってるね」

フクに言うと、彼は投げやりな声で返した。

「作家デビューしたての人から、店を構えてるような本格的な作家とか、先祖代々やってる伝統工芸の作家まで集まってるんだって、叶子が言ってた」

「そうなんだ。それじゃ、私みたいなぽっと出の作品は霞んじゃうのかな」

もとから自信はなかったが、さらに心配になる。売れなかったら、おばあちゃんに報告するのが気まずい。フクは太い尻尾を上に立てて言った。

「そんなヘナチョコじゃあ売れないかもな。まあ、もちろん技術も品質も重要だけど、下手くそでも好きだと思ったものを買っていくお客さんだっている。……って、叶子が言ってた。ような気がする」

ふと、猫が尻尾を真っ直ぐ立てる仕草は、友好の表現だという話を思い出した。ぴんと立っているフクの尻尾を見る限り、ぶっきらぼうな言いかただが、私を勇気づけてくれているのかもしれない。

設営が終わったところで、横から声をかけられた。

「そのブレスレット、かわいいね」

声の方を向くと、隣のスペースの作家さんがこちらを見ていた。私と同じくらいの歳と思しき、肩くらいまでのボブヘアの女性だ。彼女は、私の腕につけたルチルクォーツのブレスレットを指差した。

「ふんわりしてるけど甘すぎなくて、大人っぽい服にも合わせられそう。いいなあ」

「ありがとうございます！　同じブレスレットの色違いが、ここにあります」

私はテーブルに並べたブレスレットの中から、自分のものと色が近いものを手に取った。隣の女性が前のめりになって、ブレスレットを覗き込む。

「へえ、いいじゃん！　買ってもいい？」

「わあ、本当に!?」

さっそく、隣の人がお客さん第一号になってくれた。この女性も、私と同じように出店している作家さんである。私も、隣のテーブルを覗かせてもらった。そしてそこに並んだ美しい作品の数々に、息を呑んだ。

透き通ったブルーのグラスに、押し花の封じ込められたペーパーウェイト、カラフルな蜻蛉玉《とんぼだま》のペンダント。天然の日の光を浴びたそれらが、きらきらと星を宿している。

「ガラス細工！　すっごくきれい！」

「ありがとう。うち、ひいおじいちゃんの代からガラス職人でさ。私も片足突っ込んでるんだ」

そう言って笑う女性は、さっそく腕にブレスレットをつけてくれていた。

「私、柏木岬《かしわぎみさき》。町の外れの『柏木ガラス工房』で、毎日ガラス焼いてます」

「夏凪詩乃です。祖母の店、『ゆうつづ堂』の手伝いで来ました」

「『ゆうつづ堂』！　海っぱたの雑貨屋さんか。気になってたけど行ったことなかったな。へえ、こういうパワーストーン扱ってるお店なんだ」

岬さんが私の商品を興味深そうに見てくれている。彼女は私の左耳にも目を留めた。

「その耳のもパワーストーン？」

「はい、白水晶のイヤーカフです」

「かわいいね。自分で作ったの？」

「いえ、これは祖母が。小さい頃にもらった、大事なものなんです。まあ、思い出したのは最近なんですけど……」

そんな会話をしていると、私が見ていた岬さんのテーブルにフクがやってきた。ガラスの商品の隙間を歩き、やがてひとつのグラスの前で足を止める。

ほんのり青っぽい色の入った、透明のグラスだ。底に厚みがあり、その中に青や白に光るガラスの粒が閉じ込められているのだ。

「これ、すごくきれい」

フクも気にしているそれを手に取って傾けると、底のガラス粒がさらさらと動いた。目を見張る私に、岬さんが得意げに言う。

「それね、グラスの底が二重構造になっていて、その空間にガラスの粒を入れてあるの」

まるでスノードームだ。グラス本体と一緒に模様が焼きこまれているのではなく、独立したガラスの粒が、ゆらゆらと煌めきグラスの中を泳ぐ。私はひと目でこのグラスを気に入った。

「買います！」

即決した私に、岬さんは嬉しそうに照れ笑いした。

「毎度！　いやあ、嬉しいな。うちは工房だけで店舗はないから、お客さんの直の反応が見られるのはこういう機会だけなんだ」

手際よく新聞紙でグラスを包み、それを袋に入れて私に渡してくれる。

「特にこのグラスは、外に出したのは今日が初めてでさ。それまで何回も失敗しちゃって、父さんに何度『諦めろ』って叱られたことか。なんとか間に合ったけど、売り物になるか心配だったんだよな」

　それを聞いて、私は思わず親近感を覚えた。

「岬さんもですか!? 私のブレスレットも、初めて商品として出したものなんです。誰も買ってくれないかもって、覚悟してました」

「そうだったんだ。言われてみれば、留め具の周りの処理が甘いね。この丸カンの閉じかたも不恰好だし」

「ええっ！　やっぱりですか!?」

　肩を強ばらせると、岬さんはからからと豪快に笑った。

「冗談、冗談。いや、処理が甘いのは本当だけど、私は嫌いじゃないよ。誰だって最初は通る道なんだしね」

　ずばっと物を言う人だが、屈託のない人柄のおかげか、きつい印象はない。気風《きっぷ》のいいさっぱりした人だ。フクが私の肩に上ってきて、ふうんとぼやく。

「俺、岬の性格、結構好きだな」

　私の守護をする精霊のフクが、こう言うのだ。いい出会いに恵まれたのだと確信する。

　岬さんはよし、と拳を握った。

「今日はばりばり稼ごう。一緒に頑張ろうね」

「はい！」

「この辺、公園の中でも目立たない場所だから、あんまり人が来ないハズレエリアって言われてるらしいけどさ。くじで決まったものは仕方ない。せいぜい足掻こう」

「え、そうなんですか……」

そういえば、少し陰になっていて入り口から見えにくい立地である。こんなところでも貧乏くじを引くとは、私の不運は衰えていない。

やがてマルシェの開催時刻になり、公園内にお客さんが入ってきた。各スペースを行きずりに覗いていく人もいれば、目当てのスペース目指して駆け足する人もいる。よく見かける町の住民も、遠くから来たらしき人も、小さな公園の中をひしめいていた。

私のスペースにも、家族連れが見に来てくれた。小さな女の子がリボンのヘアゴムを手に取り、その母親が親子で対になるよう同じ色のシュシュを選び、セットで買ってくれた。憑いていたスズメらしき精霊も一緒に巣立っていく。次に来た高校生くらいの女の子も、おばあちゃんの作品のストラップをいくつかと、私のブレスレットを見て同じものの色違いを買ってくれた。隣の岬さんも、忙しそうだ。

しばらくして客足が途絶え、私はパイプ椅子に座って束の間の休息に入った。ペットボトルのお茶を飲んで、ひと息つく。

「意外と売れてくれてよかった」

「まだまだ安心するには早いだろ。叶子はもっとたくさん売ってたかんな」

フクが煽ってくる。私はフクのおでこを指でつついた。

「おばあちゃんと比べないでよ。私のなんて、全部売れ残っちゃうかもって思ってたんだよ？　ひとつでも買ってくれる人がいれば上出来だよ」

真上で木の葉がさわさわ揺れている。またひと口、お茶を口に注いだ。

「それに運が悪いからさ、場所にも恵まれなかったし。これでも会社員時代の運の悪さに比べればたいしたことないから、これからもっと悪い出来事が起こるかも。あまり期待せず、力抜いて構えていようよ」

考えてみれば、イベント当日に雨が降らなかっただけでも幸運だ。もうこれ以上は望まない。

「あのさあ、ずっと思ってたんだけど」

急に、フクの声色が変わった。呆れたというか、辟易したような抑揚で言う。

「詩乃はさ、目標が低すぎる」

「仕方ないでしょ、それだけ失敗続きの人生だったの」

幼い頃からそうだ。遠足の日は大体雨、テストの直前に風邪を引く、楽しみにしていたイベントの日に台風直撃で交通が止まって行けなくなる……。自然と、期待しないことを覚えていく。しかしフクはまだ納得できない様子だった。

「失敗続きだからって、今回もだめとは限らないだろ。今回こそは、って思わないのかよ」

「思って地道に努力しても、運の悪さでおじゃんになる。そんな経験を何度もしてきたの」

「それはあくまで経験じゃん。俺は未来の話をしてるんだよ」

小さい牙を覗かせて、甲高い声で怒ってくる。

「詩乃が不運のせいで嫌な思いしたのは本当だろうよ。でもさ、『不運だから失敗しても仕方ない』って諦めてるのは、落ち込まないために保険かけてるだけじゃないのか？」

その言葉はぐさりと、私の胸に突き刺さった。込み上げてくるものをぐっと堪えて、お茶で喉の奥へと流し込む。小さく深呼吸して、私は改めて、フクと向き合った。

「フクにはわかんないよ。あんたは人間じゃないから、私の気持ちなんて想像できないでしょ。人を前向きにさせるのがパワーストーンなら、その精霊はポジティブなきれいごとばっかり考えてるんだね」

嫌味っぽい言いかたをしたのがカチンと来たのだろう、フクの語気が荒くなる。

「はあ!?　なんだよ、俺がせっかく……」

「もういいよフク、話しかけないで。私がひとりごと言ってるみたいになっちゃう。あとで喧嘩しよう」

「なんだよ、おい、勝手に終わらせるな！」

粗雑にあしらった私の前では、フクがまだ怒っている。でも私はもう相手にしなかった。ここでフクと揉めても仕方ない。今は仕事に集中するべきだ。

岬さんが大きく息をついた。

「ふう、お疲れ。詩乃ちゃん、水分摂ってる？」

「あ、はい！」

「よく晴れてるのはいいけど、結構暑くなってきたからね。熱中症になったら大変だから、忙しくてもこまめに飲むようにね」

岬さんの言うとおり、今日は気温が高い。私のペットボトルの中のお茶は、残り僅かになっていた。岬さんのテーブルの端に置かれたボトルも、ほぼからになっている。私はあらかじめスケッチブックに書いてきた『離席中』の札を自分の商品の前に立てた。

「岬さん、ちょっと飲み物買ってきます。よかったら岬さんの分も買ってきますよ」

私の声かけに、彼女は両手を合わせて拝んだ。

「ありがと！　助かるよ。ついでにほかのお店見て来たら？　私、詩乃ちゃんのお店見張っとくからさ」

彼女に提案に、私はわっと浮き立った。

「本当に⁉　こちらこそ、ありがとうございます」

これだけたくさんの店が出ているのだ、自分も客として覗いてみたい。

自分の商品は岬さんに任せ、私は椅子を立った。公園内の自販機は対角線上にあり、人混みの中を通らなくてはならない。鞄を肩に引っ掛けてスペースを離れる。そのとき、チリンとなにか音が聞こえた気がしたが、雑踏に揉まれてどうでもよくなった。

来客の流れに乗って歩くこと五分程度、私は出店されている各店をさらっとだけ流し見た。なんとなく精霊に似た感じの動物のあみぐるみの店を見かけ、おばあちゃんへのお土産に買っていこうかな、などと考えた。公園の端の方には手作りクッキーの店やキッチンカーなどの食品を扱う店もあり、その近くには飲食スペースも設置されていた。

植え込みに沿って置かれた自販機に辿りつく。ふたり分の飲み物を買って、さて、と元の混雑を振り向いた。目に留まった店に、袋に詰まった小さめのクッキーが並んでいる。ああいうのを買って、岬さんとつまむのはどうだろうか。私はその思いつきを、フクに問いかけた。

「ねえフク、あれ買おうと思うんだけど……」

そこで初めて、気づいた。肩にフクがいない。ブレスレットの鹿はいるが、見慣れたフクの生意気な顔がない。ひゅっと血の気が引く。左の耳に、指を伸ばす。

「ない……」

イヤーカフがない。

咄嗟に足元を見たが、落ちていない。いつからないのだろう。どこかで落としてしまった？　この人混みの中で？

心臓が早鐘を打つ。おばあちゃんにもらったイヤーカフ。今度こそ大切にしようと決めたのに。私はクッキーのことなんか忘れて、来た道を戻った。人の波を潜り、きょろきょろと下を見る。どこにも落ちていない。これだけ人がいれば、踏まれてしまったかもしれない。イヤーカフが壊れてしまったら、そこに宿るフクはどうなるのだろう？

「フク！」

思わず、名前を呼んだ。

「フク、返事して！」

反応は返ってこない。ただ私の焦りに共鳴するように、ブレスレットの鹿がそわそわと揺らめきだす。私の精神状態に応じて、精霊もざわつくのだ。

そうだった、私は不運体質なのだ。ちょっと場所に恵まれない程度の不運で済まされるわけがない。なにか悪いことが起きるかも、とは言ってはいたが。なにもこんな、よりにもよってこんなひどい不運に見舞われるとまでは思わなかった。

胸をざわざわさせたまま、ついに自分のスペースに戻ってきてしまった。来客の少ないエリアなので、ほかの店の前よりはだいぶすっきりしている。客足が落ち着いていたのだろう、岬さんが椅子に座ってリラックスしていた。

「お、詩乃ちゃんお帰り。飲み物ありがと、今お代を……どうした？」

岬さんは話しながら、私の暗い表情に気づいた。

「顔色悪いよ。体調不良か？　それともなにかあった？」

「た、たいしたことじゃないんだけど」

もう少ししっかり話せると思ったのだが、自分で想定していたよりずっと震えた声が出た。

「イヤーカフ、どこかに落としちゃったみたい……」

「たいしたことじゃなくないじゃん」

岬さんの表情も険しくなった。

「おばあちゃんからもらった大事なものだって言ってたよね？　捜してきなよ、私がお店見ててあげるから」

「でも……さっきから席外してたので、もういい加減戻らないと」

本音を言うと、岬さんの言葉に甘えて今すぐ捜しに行きたい。だが私には、この店を預かっている責任がある。

「『ゆうつづ堂』のマルシェ出店は、今日が最後になるんです。おばあちゃんはもう店を閉めるつもりなので……。だから、中途半端にしたくないんです」

これは、私だけの問題ではないのだ。おばあちゃんはこの最後の出店を私に託してくれた。どんな状況であろうと、やれるだけのことはやりたい。岬さんは数秒黙ったのち、私の手からペットボトルを受け取った。

「わかった、詩乃ちゃんが後悔しない方を選べばいいよ。んじゃ、今度は私が休憩してきていい？」

彼女はペットボトルの蓋を捻り、ひと口飲んだ。

「私もほかの店、見に行きたいんだよねえ」

「はい、行ってらっしゃい」

頷く私に笑いかけ、岬さんは自分のテーブルに『離席中』の看板を置いた。

「ついでに、自販機までの道、見てきてあげる」

「え、すみません！　ありがとうございます」

「いえいえ、私だって気になるし」

隣の人が岬さんで、本当によかった。こんないい人に出会えただけでも、私は恵まれている。イヤーカフをなくす不運とバランスを取っているようにすら思える。

私と岬さんは立場を交代して、今度は私が店番につく。一旦、気を引き締めなおす。フクとイヤーカフはもちろん心配だが、今は切り替えなくてはならない。マルシェが終わったあと、お客さんが引けてからもう一度ちゃんと捜せばいい。公園内から出てはいないのだから、少なくともこの範囲内にあるはずだ。ああでも、誰かが踏んでしまって壊れていたり、拾った人が持ち帰ったかも。

仕事に集中しようと意識すればするほど、思考が行ったり来たりする。手元では鹿の精霊がせわしなくうろついている。私の心が落ち着かないから、精霊もそわそわするのだ。

主婦らしき女性がやってきて、私のテーブルを覗く。おばあちゃんの作った雑貨を何点か見て、もとに戻して去っていく。私はこの女性に話しかける間合いすら、うまく取れずじまいだった。

無意識のうちに、自分のスペースから見える範囲を目で探ってしまう。どこかにイヤーカフが落ちていないか、気になって仕方ない。目線をふらふらさせる私の耳に、少年っぽい甘い声が届いてきた。

「ねえ」

「あ、フ……」

一瞬フクかと思ったが、小学生くらいの男の子がいただけだった。

「このブレスレット、僕のお小遣いでも買える？」

「……ええと、二百円です」

「やった、買える！　姉ちゃんに買ってあげよう」

小さな男の子は、マジックテープの財布を出して、ちょっとはにかんだ。

「あのね、僕ね。昨日、姉ちゃんと喧嘩しちゃって、まだごめんねって言えてないんだ。このブレスレットあげたら、許してくれるかな？」

拙い話しかたが、妙に胸に沁みる。

「うん、きっと仲直りできるよ。頑張ってね」

「ありがと！」

男の子はブレスレットを大事に抱え、手を振って去っていった。

今更ながら後悔する。フクに「話しかけないで」なんて言ってしまったせいで、フクが無言になってしまい、いなくなったことに気づけなかった。もしかしたら、あれが最後の会話になってしまうのか。それは絶対に嫌だ。

目頭が熱くなってきた。情けない顔にならないよう奥歯を噛んでいると、岬さんが戻ってきた。

「ただいま！　見て見て詩乃ちゃん、クッキー買ってきた。一緒につまもう」

彼女のさっぱりとした笑顔を見ていると、少しだけ気分が晴れる。私はふっと、口角を緩めた。

「それ、私も買おうかと思ってました」

岬さんのおかげでちょっと落ち着いた。今度こそ気を引き締め、私は『ゆうつづ堂』最後のマルシェに臨んだ。


午後四時、マルシェの終了時刻がやってきた。私のテーブルにはストラップがふたつ残っただけで、シルクシフォンリボンの限定商品は完売していた。岬さんの店も、ガラスの器が数点あるだけだ。撤収準備をしながら、岬さんが満足げに笑む。

「この不遇のエリアにしては結構売れたんじゃない？」

初めてだからこれがいい結果なのかどうかわからないが、岬さんがこう言うのだから上々なのだろう。私は役目を全うできたようだ。なにより、シルクシフォンリボンの雑貨が全部売れたのは嬉しかった。

「本当に、買ってくれる人がいた」

素人の下手なものは、誰にも見向きされないかもと思っていた。でも、好きだと言ってくれる人はいる。フクが言っていたとおりだ。

公園はすっかり店じまいのムードで、お客さんは誰もいない。空いた通路の地面の色が、はっきりと見て取れる。

イヤーカフは、どこにも落ちていない。

気持ちが諦めに傾く。もう捜しても見つからないかもしれない。ため息をつき、パイプ椅子を畳む。横で商品を箱に詰めていた岬さんが、あ、と声を上げた。

「ねえ詩乃ちゃん、これ」

彼女の呼び声に振り向き、私は声を呑んだ。

しゃがんでいる岬さんの指につままれて、白水晶がきらっと光る。

「これ、詩乃ちゃんのイヤーカフじゃない？」

間違いない。透明の水晶にぶら下がる猫のプレート、私のイヤーカフだ。

一瞬の思考停止ののち、いろんな感情が一気に押し寄せてきた。出かかる言葉が喉で詰まって、声にならない。数秒後ようやく、私は裏返った声を絞り出した。

「ど……どこにありました⁉」

「テーブルの下。ちょうどクロスで見えなかったけど、しゃがんだら見つけた」

からっと話す岬さんの声に、余計に胸が一杯になる。まさか、こんなに近くに落ちていただなんて。私は膝から崩れ落ち、頭を下げた。

「ありがとうございます……！」

「あはは、私は偶然見つけただけだよ。よかったね、壊れてなくて」

うなだれる私の前に、彼女はイヤーカフを差し出した。私が伸ばす手のひらは、自分でも情けないくらいに震えていた。

手の上に、イヤーカフが載る。全身の力が抜けて、今にも泣きそうになった。そんな私をからかうように、耳元で生意気な声がする。

「全然気づかないのな。俺、ずっと近くで隠れてたのに」

頬に触れる、柔らかい感触がある。

「大事にするんだろ？　ちゃんと捜してくれたのか？」

言い返してやりたかったけれど、やはり喉でつっかえてなにも言えなかった。

テーブルが片付き、いよいよ撤収の時が来た。トランクのハンドルに手を置いて、岬さんが私と目を合わせる。

「今日はありがとう。詩乃ちゃんがいたおかげで、一日楽しかったよ」

「そんな、こちらこそ！　岬さんがいなかったら心が折れてました」

今日は本当に、彼女に支えられた。岬さんはふっと相好を崩した。

「詩乃ちゃん、ちょっと頼りないもんね。いやあ、人助けって気持ちがいいわ」

冗談ぽく言ってから、彼女はひらっと手を振った。

「今度はお店で会おう。またね」

振られる彼女の手首では、私とお揃いのブレスレットが揺れる。

「はい！　ぜひ来てください！」

大きく頭を下げてから、私も手を振った。去っていく岬さんの後ろ姿を見送っていると、耳元でフクが言った。

「詩乃、自分のこと不運だって思うか？」

「え？　思うよ？」

答えてから、私は、まだ明るい夏の空を見上げた。

「思うけど、今日は珍しくラッキーデーだったかな」

高い空に白い小さな点が見える。薄い雲の向こうに、霞んだ月が浮かんでいた。

Episode 5　アクアマリンの救済

手作りマルシェが無事に幕を閉じ、三日が経った。その日の夕方、私はグラスに麦茶を注ぎ、店のカウンターへと運んできていた。カウンターの上には、白く丸い毛玉が鎮座している。

「フクー、まだ怒ってるの？」

「怒ってない」

そうは言うが、こちらを向いてくれない。

あの日から、いまだにフクの機嫌が悪い。もとよりつっけんどんだった私への態度が、一層冷たくなった気がする。たぶん、私がイヤーカフをなくしたのを怒っているのだ。太い尻尾でぱふっとカウンターを叩き、しばらく寝かせ、またぱふぱふ叩く。苛立っているのが伝わってくる。

「イヤーカフ、捜さなかったんじゃないよ。捜したけど見つけられなくて、でもお店を放っておくわけにもいかなかったの。わかってくれるでしょ」

以前おばあちゃんが、私に対してフクの当たりがきついのは、イヤーカフを落として置き去りにしたからだと言っていた。今回も、私はイヤーカフを紛失した。結果的に無事に見つかったとはいえ、落としたことに気づかなかったのも事実。フクからすれば「また落とされた」という気持ちなのかもしれない。

謝っても、フクは尻尾で返事をするだけでなかなかこちらを向いてくれない。私も諦めて、話しかけるのをやめた。持ってきた麦茶をひと口、口に含む。

グラスは、マルシェで手に入れたものだ。岬さんの手作りの、スノードームみたいなグラスである。底でからからとガラスの粒が揺れて、何度見ても美しい。

フクが喋ってくれないので、『鉱石辞典』をおもむろに開く。ランダムに開けたページには、淡い水色をした石が描かれていた。

『アクアマリン（緑柱石《りょくちゅう》・藍柱石《らんちゅう》・藍玉《らんぎょく》）海のパワーを宿す石。海のように広く、穏やかな気持ちにさせる』

「へえ、きれいな石」

見ていて落ち着く、優しげな石だ。この繊細な青のほかに、無色透明のものもあるらしい。

それにしても、この本はいったいなんなのだろう。文字も見たことがない言語だし、全部手書きというのも不思議である。考えないようにしていたが、触ると精霊が見えるようになるというメカニズムもさっぱりだ。

疑問はまだある。おばあちゃんが言うには、この本はおじいちゃんにもらったとのことだったが、おじいちゃんはどうやってこれを手に入れたのか。いったいどんな人が書いて、どういう経緯でここに辿り着いたのか。お見舞いのついでにおばあちゃんに聞いてみようかと思っているのだが、毎回ほかの話題があるので、うっかり忘れていまだに聞けていない。

私はちらりとフクに目をやった。フクはこの本について、なにか知っているのだろうか。聞いてみようかとも思ったが、今のこの子の機嫌では知っていても教えてくれないだろう。出かかった質問を呑み込んで、フクの丸まった背中を眺めていると。

「はいどうも！　詩乃ちゃん、マルシェお疲れ様！　どうだった？」

静かだった店内に、耳慣れた声がこだまする。青嶋さんがやってきた。

「こんにちは。作ったもの、ちゃんと売れました！」

「だよね、売れると思ってたよ、俺は！　詩乃ちゃんは才能あるよ。マルシェで売れたならこの店に置いてもいいんじゃないかな。叶子さんがもう作らないなら、詩乃ちゃんが作ろうよ、新商品！」

青嶋さんは私が手作りでなにか作るのを、やたらと喜ぶ。

「俺もパーツ類でならサポートするからさ。そうだ、今なら一部のタンブルをお安くできるよ！　この機会にまとめ買いはいかがかな」

すぐセールストークに入るのがなんとなく胡散臭いが、サボっているよりは仕事している方がマシなのでこれでいいのだろう。

「うーん、マルシェっていう特別な機会だったから作ったけど、私に新商品は早いですよ。おばあちゃんのレベルに達するにはまだまだかかるので……」

私が遠慮がちに言うも、彼はぐいぐい来て引かない。

「経験がないなら積むまでだよ。売り物にするまでにはまだ時間を置くにしても、いずれはその領域に達するように今からたくさん作って……」

途中まで言ってから、彼ははたと言葉を止めた。

「あ、店、閉めちゃうのか」

「そうです。私がおばあちゃんのレベルに到達する頃には、『ゆうつづ堂』はありません」

だからというわけではないが、私は『第二の叶子さん』にはなれない。青嶋さんは残念そうに唸《うな》った。

「そっかあ、やっぱもったいないよなあ。叶子さんが決めたことだからどうしようもないけど、でもまだ、この店を必要としてる人っていると思うんだよな」

青嶋さんが腕を組み、店内を見回す。

「俺の友達に、すっげー捻くれた奴がいるんだけどね。悪い奴じゃないんだけど、仕事がうまくいかなくていろいろ悩んで、荒《すさ》んでるっていうかさ。大袈裟な言いかたになるけど、ちょっと人間不信っていうか……」

聞いていて、肩が強ばった。私自身も、前の会社で仕事に納得できなくて爆発したみたいに退職してしまった。青嶋さんの目が、店内の雑貨を流し見ている。

「気分転換に、この店に来てみないかって誘ったんだ。でもなんせピリついてるから、『パワーストーンとか、そういうまじないに頼る奴がいちばん信じられない』ってキレられちゃった。そういうつもりじゃなかったんだけどな」

「ああ……。気持ちはわからないこともない」

私は苦笑いで、小さなため息をついた。

「おまじない云々はさておき、雑貨屋さんでちょっと特別なものを買うと、気持ちが切り替わりますよ。息抜きに遊びに来てください。……って、伝えてください」

「そうする。あいつ、店がなくなる前に気が変わってくれるといいんだけど」

珍しく神妙な顔で言ってから、青嶋さんはまた、ぱっと普段どおりの営業スマイルに戻った。

「そんじゃ詩乃ちゃん、そいつが来るまでに最高の雑貨を作っておいてよ」

「だから、そんな技術ありませんって」

「期待してるよ！　じゃ、俺、会議の時間迫ってるから帰るね」

マイペースに喋って、青嶋さんは店を出て行った。自由奔放で軽い印象のある人だが、ああして友人の悩みを気にしている一面もあるようだ。結構、気配りする人だったのだと気づく。

「悩んで荒んでる人かあ……。そういう人にこそ、この店を知ってほしいな」

思えば、私が今ここにいるきっかけも、ほんの気分転換だった。仕事で煩悶して退職し、その後も次の仕事が決まらず、行き詰まった。おばあちゃんに会ったら心の空気が入れ替わるような気がして、ここへ来たのだった。

フクがもそもそと声を出す。

「まじないが嫌いで石に興味なくても、叶子の雑貨は良いものだかんな」

「ね。石の効果とか関係なしに、見てほしいよね」

フクは私には冷たいが、おばあちゃんのことは褒める。

青嶋さんの友人は、いつかこの店に来てくれるのだろうか。来てくれたとしたら、私はその人に、満足のいくおもてなしができるだろうか。そんなことを考えて、カウンターに頬杖をつく。少しぬるくなった麦茶を口に運び、小さく息をついた。

と、店の扉がキイ、と軋んだ音を立てた。

「詩乃ちゃん、来たよ！」

扉が開き、同時に聞き覚えのある声が飛び込んでくる。私もフクも、背筋を伸ばした。

「岬さん！」

マルシェで知り合った岬さんが、遊びに来てくれたのだ。

「先日はお世話になりました。来てくれて嬉しいです」

「このお店、前から気になってたからね。かわいくて良いお店だね」

岬さんは私のいるカウンターに顔を向け、お、と短く感嘆した。

「そのグラス、使ってくれてるんだ」

彼女から買った、あのグラスだ。私はそれを少しだけ掲げ、左右に軽く振って見せた。

「はい。すごくきれいで、気に入ってます」

「よかった。私も、詩乃ちゃんのブレスレットつけてるよ」

そう言って掲げられた彼女に左腕には、私が作ったシルクシフォンリボンのブレスレットがあった。自分の作ったものを気に入ってもらえるというのは、なんだかくすぐったいけれどすごく嬉しい。

「パワーストーンってこんなに種類があって、こんなにいろんな雑貨になるんだ。全部欲しくなっちゃうな」

岬さんが楽しげに店内を歩く。様々な精霊が寄ってきては彼女にまとわりつき、ふよふよともとの場所へと漂っていく。

「こんな面白い店なのに、閉めちゃうんだっけか。なんかもったいないな」

岬さんの言葉に、私も控えめに頷いた。

「私にとってもお気に入りの店なので、閉めるって知ったときは残念でした。正直今でも、おばあちゃん、考え直してくれないかなって思ってる」

「ね。あーあ、もっと早く知ってもっとかよってればよかった」

岬さんは店の天井を見上げ、下がるオーナメントに目を留めた。

「へえ、ステンドグラス！　これ、詩乃ちゃんが作ったの？　おばあちゃん？」

「おばあちゃんです。お店のものはほとんどおばあちゃんの作品です」

ほとんど、と言ったのは、私が作ったペンが、今は店頭に仲間入りしているからである。老紳士の孫へのプレゼントの選択肢として作ったものだが、おばあちゃんの提案で販売することになった。岬さんは、くるくると踊るステンドグラスのオーナメントに目を奪われていた。ガラス職人の家に生まれ、本人もガラスを焼いている岬さんだ、ステンドグラスに惹きつけられるのだろう。

「いつか、コラボしてみたいですね。うちのお店の石と、岬さんのガラスで、なにか一緒に雑貨作ったりして……」

なんとなく口にすると、おとなしかったフクがぱっと顔を上げた。それと同時に、岬さんの目も私に向く。

「それだ！」

指をパチンと鳴らし、彼女は意気揚々とこちらに駆けだしてきた。

「それ、すっごくいいよ！　やろうやろう！　なに作る⁉」

「え、本当に？」

「嘘だったの？」

「そんなことはないけど」

この素早い判断と行動力は、いかにも岬さんらしい。気圧《けお》されつつ、私もわくわくしてきた。

「じゃ、じゃあ、このグラス。中の石の粒を、パワーストーンにしてみます？」

思いつきで言ったが、かなり手ごたえがあったようだ。岬さんが大きく頷く。

「それ採用」

彼女と話していると、私もインスピレーションが湧いてくる。

「やるとしたら、ガラスに生き物の図柄を入れられますか？　この店の雑貨、どれも生き物のモチーフが入ってるんです」

「じゃあ絶対入れないとね！　サンドブラストで入れるのはどう？」

岬さんは早口で言い、鞄から携帯を取り出した。彼女が作ったらしきガラス製品の写真を、私に見せてくれる。透き通った透明のグラスに、霧のように曇った白い模様が浮かび上がっている。

「砂状の研磨剤を吹き付けて、模様をつけてるんだよ」

「きれい！　これいいですね、グラス以外にも応用できそう」

ただの思い付きに端を発して、みるみる現実味を帯びてくる。話すほどに盛り上がって、次の発想へと繋がっていく。

フクが背を伸ばして私たちの会話に耳を傾けている。私は工房からスケッチブックを持ってきて、岬さんと共にエスキースを描きはじめた。お互い夢中になって話を膨らませて、時間が経つのに気づかないほどだった。気がつくと私たちは閉店時間まで話しこんでしまい、岬さんは携帯でエスキースの写真を撮って帰っていった。

「これ、絶対実現させよう！　そんで、このお店で売って！」

満面の笑みで店を出て行く岬さんは、きらきら輝いて見えた。すごい、と、私は圧倒された。水を得た魚のようというのだろうか、話が膨らむほどに、彼女の目は輝きを増していった。あれがガラス職人の矜持なのか。

「かっこいいなあ。プロの顔してた」

ひとりごちると、カウンターのフクがぽつっと言った。

「詩乃も大概だったぞ」

「ん？」

「なんでもない」

フクはそれっきり、相変わらずの素っ気ない態度で反応が鈍くなった。

＊＊＊

それからさらに数日後、私は一日店を閉め、バスで町の端まで旅立った。目指すは、『柏木ガラス工房』である。

岬さんが訪れたあの日、私はおばあちゃんに、岬さんとの共同制作について話をした。おばあちゃんの性格だから案の定だが、彼女は快く受けいれてくれ、むしろ早く作るようにと急かしてきた。

肩から提げた鞄の中には、スケッチブックと、持てるだけ持ったパワーストーンとおばあちゃんの工房からもらってきた各種材料、その他の部品。バスの中で鞄を開けて中身を眺めていると、奥からひょこっとフクが顔を出した。

「こんなところにいたんだ」

「詩乃がおかしなもの作んないように、見張ってないといけないから」

「信用ないなあ……。岬さんも一緒なんだから大丈夫だよ。エスキースだって、おばあちゃんに確認してもらってるしさ」

今日は岬さんの工房で、このエスキースを本物にする。一緒にものづくりをする日だ。

バスに揺られること三十分程度、私は住宅街沿いのバス停で下車した。岬さんから教えてもらった道のりどおりに、北へ十分ほど歩く。やがてグレーの壁の大きな建物が見えてきて、その外壁の看板に、足を止めた。『柏木ガラス工房』、歴史の深そうな建物に、たしかにその名前が刻まれている。その大きな外観を眺めていると、扉が開いて、岬さんが顔を出した。

「来た来た。いらっしゃい！」

短めの髪を首の後ろでちょんと縛り、肩からタオルを引っかけている。マルシェの公園やおばあちゃんの店で会ったときより、ずっと職人らしい装いだ。彼女のプロっぽい一面を知るたび、こちらも気合が入る。

「こんにちは。今日はよろしくお願いします!」

さっそく案内されたのは、木製の長いテーブルが十台程度並んだ広い部屋だった。テーブルがたくさんあるが、そのほとんどがガラスの板や作業に使う道具で埋め尽くされていて、テーブルとして使えそうなものは手前の二台だけである。岬さんが苦笑いする。

「散らかっててごめんね。ここ、かつては体験工房として開放してた部屋なんだけど、三年前にやめちゃったんだ。今はもう、倉庫兼細かい作業場みたいな感じになってる。でも体験やってた頃の名残で使いやすい道具はたくさんあるから、好きに使って」

高い天井には、おしゃれな球体の照明が埃を被っている。かつてはここに町の人が集まって、ガラス細工の体験をしていた、そんな光景を想像してみる。これだけ広いのだ、小学校の体験学習や、夏休みの工作にも使われたことだろう。

現在は物置と化しているようだが、壁沿いに置かれたテーブルには、美しいガラス細工の品々が所狭しと並べられていた。

「わあ……!」

極彩色のガラスの花瓶や、鳥や花の描かれたグラス、透き通った白鳥の置物などなど、私はすっかり目を奪われ、しばらく呆然としてしまった。陳腐な反応をする私を横目に、岬さんは言った。

「きれいでしょ？　それ、父さんの作品。お客さんからの受注で作ったものとか、ここに保管してる」

と、彼女が説明したときだ。奥の扉が開いて、ひげ面の大柄なおじさんがこちらを覗く。

「おい岬、こっちの作業、中途半端……あ、お客人？」

喉に引っかかるようなハスキーボイスの、クマっぽい外見の男性だ。頭にタオルを巻いて、色黒な肌に汗を滲ませている。岬さんが振り向く。

「父さん！　詩乃ちゃんだよ、今日来るって話したでしょ」

「ああ聞いた聞いた。詩乃ちゃん、岬が世話になってるね。がさつな娘だけど仲良くしてやってね！　こいつ、詩乃ちゃんのこと楽しそうに喋ってそりゃもう妹みたいに……」

「父さんもう黙ってて！」

大柄な男性、岬さんのお父さんは、岬さんに叱られて笑いながら扉を閉めた。岬さんもだが、お父さんも明るく豪快な人のようだ。こういう人があの繊細なガラス細工を生み出していると思うと、ギャップにぞくぞくする。

親子の仲良さそうなやり取りのあと、岬さんはさて、と切り替えた。

「さっき奥の窯で、もとになるグラスを焼いたところなの。見てく？」

「見たいです！」

岬さんの案内で見学させてもらう。扉を出て、真っ先にその熱に体中が包まれた。まず目に入ったのは、大きな円錐台の窯だ。小窓から覗く光の塊が、パチッと火の粉を吹く。岬さんのお父さんが長い棒の先にガラスをセットし、赤々と燃える火の中に棒ごと突っ込む。くるくる回す仕草は至って手馴れていて、いかにも長年培った職人の技といった挙措《きょそ》だ。再び取り出された棒の先で、ガラスが夕日のごとく光っている。この一連の流れだけで、ため息が出るほど見入ってしまった。

周囲ではオレンジ色の羽根の扇風機ががんがん回っている。それでも、熱気と眩しさで目が焼けそうだ。

岬さんがタオルで汗を拭う。

「ガラスに使う坩《る》堝《つぼ》……溶解炉って、どろどろに溶かす用、成形用、冷やす用で温度が違ってさ。まあどれにしたたって熱いから、汗びっしょりになるんだけど。でも慣れちゃったのかな、意外と嫌じゃないんだよね」

岬さんの瞳に、坩堝の輝きが反射している。その真っ直ぐな目に、高い志を感じて、どきりとさせられる。

凜々しい面持ちがこちらを向き、今度はへらっと、緩んだ笑顔に変わった。

「と、まあ詩乃ちゃんにはこんな熱くて危ないことはやらせないから安心して。私はここでグラスを作るから、材料の石をちょっと分けて」

「そうだった、それをやりに来たんだった」

工房の光景に呆気に取られて、危うく本来の目的を忘れるところだった。

最初に案内された広い作業部屋に戻り、私は岬さんに石をいくつか、岬さんからはガラス製の材料をとそれぞれ交換して手渡し合った。空いているテーブルに向かい合って着席し、作業に入る。

私が受け取ったのは手のひらに収まるほどの瓶と、様々な色のガラスの砂だ。瓶は全部で五つ、それぞれ表面には霧状の模様、サンドブラストによる生き物のシルエットが入っている。犬、鳥、虎、蝶、それからイルカの絵柄だ。私はその中から、イルカの絵柄の瓶を真っ先に手に取った。

鞄を開けて、持ってきた材料を取り出す。まず、曇り空のようなブルーグレーの石、セレスタイト。同じくグレーがかった青の、でもセレスタイトよりやや青みが強い石、エンジェライト。この二種類の石のそれぞれのタンブルをテーブルに置く。それから黄みがかった砂浜のような細かい砂、指先に載るほどの貝殻、等々。テーブルの上に広げていると、鞄からフクも出てきた。

「青い石、それに砂、貝殻。瓶はイルカ。……海？」

「うん」

今から私はこの瓶の中に、海を作る。

瓶の中に、岬さんからもらったガラスの砂を配置する。まず深い青。少し注いでセレスタイトを置き、またガラスを追加する。深い青のガラスに、淡い青のガラスを交ぜて注いでいき、だんだん淡い青を増やしていく。

ちらっと、岬さんの作業に目をやった。彼女はというと、青いグラスに、なにやら竹串のようなものでピンク色の絵の具らしきものを塗っていた。目を細めて丁寧に、少しずつなにかを描いている。

「その絵の具みたいなの、なんですか？」

「これは液体ゴム。マスキングっていうのかな、これを乾かして、上から研磨剤を吹き付けるの。ゴムを剝がすと、絵を描いた部分だけ研磨剤の跡がつかないから、浮かび上がって模様になるんだよ」

岬さんの説明を聞いて、私は自分の手元のガラス瓶に目をやった。浮かんでいる生き物の模様は、こうしてつけられていたのだ。

同じ工房で一緒に作業をするというのは、岬さんの提案である。お互いの作業を目の前で見るのが、いい刺激になるから、とのことだ。実際、こうして岬さんが私の知らない作業に没頭しているのを目の当たりにすると、未知の世界を少しだけ覗き見したような気持ちになる。

私も手を止めてはいられない。再び、瓶にガラスを入れていく。ところどころにパワーストーンを置いて、ガラスを足して、最後に白っぽいガラスを載せる。下に行くほど青が深くなる、グラデーションができた。さらに表面の端に、持ってきた砂を載せて浜を作る。ピンセットで貝殻やパワーストーンを配置して、バランスを見ながら微調整する。

フクが私たちの手元を交互に眺めている。耳をぴくぴくさせて、両方の動きを真剣に注目していた。

私と岬さんは、集中するとお互い無言になる。無言だがお互いを意識している、不思議な感覚だった。

やがて岬さんが、よし、と声を出した。

「できた。研磨剤、吹き付けてくる」

満足げにグラスを抱え、彼女は席を立った。彼女を見送る私の視界を、ふっと、青いイルカが通りすぎた。手元には、できあがったばかりの瓶詰めの海……もとい、海のジオラマがある。その瓶の周りを、青いイルカが現れたり消えたり、曖昧な姿で漂う。

岬さんの作るガラスの瓶に、私がパワーストーンを使ってジオラマを作る。これは、ふたりで出し合った案から生まれた作品だ。フクがぽつりと言う。

「いいんじゃね」

「私もそう思う」

手作りって、面白い。

ばらばらのパーツでしかなかった道具とアイディアが集まって、私の手のひらの中で、ひとつのモノになる。作る過程は思いどおりにならなかったり面倒くさかったりもするけれど、それがまた楽しい。そして出来上がったものは、歪でも不思議と愛おしく感じるのだ。

＊　＊　＊

それから数日が経った、土曜日のことだ。

「フク、まだ怒ってるの？」

「怒ってない。って、ずっと言ってんだろ」

「怒ってるじゃん……」

フクと私は、まだこの調子である。

窓から午後の日が差し込んでくる。夏の光が、店の石を煌めかせている。漂う精霊たちは光の帯の中を霞んだり光ったりして、私の目を奪う。

その光を受けて、ひと際煌めく雑貨があった。店の入り口の棚に並ぶ、瓶五つとグラス五つだ。透き通ったガラスの縁に星を宿して、きらきら眩しく輝いている。

そんなガラスの雑貨を眺めていると、キコ、と扉が開いた。

「だから、興味ないって。飯行くって言うから来ただけで、俺は別に……」

「いいからいいから！　俺の買い物に付き合うと思って、ほら」

扉の前から声が漏れてくる。入ってきたのは、ラフな白シャツの青年と、薄手の半袖パーカーを着た青年のふたり組みだった。そのうち片方、白シャツの方がいつものスーツ姿ではない青嶋さんだと気づくまでに、ちょっと時間がかかった。

「えっ!?　青嶋さんがサボりじゃない！」

「どうも詩乃ちゃん！　普段からサボってないよ！　まあ今日は完全に休暇だから、いつも以上に罪悪感ゼロだけどな」

ははは と笑う彼が引き連れているのは、青嶋さんと同い歳くらいと思しき青年である。パーカーの彼は、青嶋さんより小柄で、長めの黒い前髪がやや目にかかっている。私と目が合うと、彼はたじたじとためらいがちに会釈した。青嶋さんがこの青年を手で示す。

「例の捻くれ者の友達連れてきたよ」

「誰が捻くれ者だ！」

青嶋さんをぽかっと叩いて、パーカーの青年は改めて私と向かい合った。

「なんか、こいつがいつもご迷惑おかけしてるみたいですみません。迷惑だったらこいつの会社宛にクレーム入れてくれて結構ですので」

「全然迷惑なんてことないですよ！　むしろ大変お世話になってます」

サボりの現場を目撃している気分にはなるが、ちゃんと営業もしているのでそれは言わなかった。

青嶋さんが隣の友人を親指で指す。

「濱田《はまだ》。大学時代の友達で、今は飲み仲間」

「初めまして」

私が頭を下げると、紹介された濱田さんもぺこりとお辞儀した。そんな彼の目の前に、ふわりとなにかが漂った。イルカの精霊が、濱田さんの周りを泳いでいる。フクが耳を立てる。

「あいつ、精霊がすぐに寄ってってった。よっぽど消耗してるんだな」

イルカに続いて、ほかの精霊もふよふよと集まってきている。鳥やウサギ、魚など、種類も様々だ。精霊は、その人の心に足りていないものを補うように近づいてくる。私はふいに、おばあちゃんの言葉を思い出した。人の想いが籠った石には、精霊が宿る。精霊は、人の心に反応して、味方してくれる……。こんなにたくさんの精霊が集まってくる濱田さんは、たぶんいろんなことに疲れているのだ。

青嶋さんが続ける。

「こいつさ、最近仕事がうまくいってなくて、プライベートでも彼女と別れたし冷蔵庫が壊れたし、食器は割るしで散々なんだよ。余裕がなくなるほど余計に悪化してくみたいで、もうどうにもこうにも。だからこう、一旦気分をリセットした方がいいと思うんだ」

そう言って少し強引に、濱田さんを店の奥へと引き込む。

「ほら見て。こういう、生活必需品ではないけどあるとちょっと日常が豊かになる、みたいな存在感の雑貨を。このペンとかさ、実用的じゃないけどおしゃれじゃん？」

石の入ったペンを掲げ、濱田さんの前で振って見せている。しかし濱田さんの反応は、いまいち鈍い。

「しゃれてるのはわかるけど、ペンは別に、持ってるの使えばいいだろ」

「じゃあもっと実用的じゃないものにしよう。ストラップとかどう？　携帯とか鞄に付けておくと、目に入る度に楽しくなるぞ」

「付けても邪魔になる。俺は青嶋みたいにいちいち楽しくなれるほど楽天家じゃないんだ」

カウンター越しに見ていると、だんだん相対性が見えてきた。仕事のついでにサボるようなゆとりを愛する青嶋さんに対し、濱田さんはリアリストで合理主義で、余分なものを嫌う。これほど価値観の違うふたりがなんで友達なのか、不思議なくらいだ。そうしている間にも、精霊は濱田さんの周りに集まってくる。ふと、青嶋さんの横顔のそばに、イルカが見えた。青嶋さんと初めて会ったときにもいた、あの淡い青色のイルカだ。なんだか今日ははっきりと見える。青嶋さんが、懲りずに濱田さんにストラップを薦める。

「これ、仕事運の石を使ってるんだよ。職場のロッカーの鍵に付けるのは？　それなら邪魔にならないし……」

「だから！　そういう運とかパワーストーンとか、信じてないから！」

ついに、濱田さんが大声を張り上げた。青嶋さんが笑顔のまま固まり、フクの尻尾がぼっと毛を逆立てる。濱田さんははっとして、声のトーンを落とした。

「ごめん、青嶋がしつこいから、つい」

はあ、とため息を漏らし、濱田さんは目を泳がせた。

「こういう店でこんなこと言ったら失礼だから、言わなかったけどさ。パワーストーンとかなんとか言ったって、結局ただの鉱物だろ。成分やら化学反応やらでたまたまきれいな色してるだけで、なんの能力もない。そんなもんありがたがって、ばかばかしいだろ」

朴訥《ぼくとつ》とした声だったが、たしかな棘《とげ》がある。

「青嶋だって本当は信じてないだろ？　お前自身、石の加工販売の会社に勤めてる。鉱物が普通に掘り出されてるただの石だって知ってる。意味や効果だって、売り出すのに都合がいいように宝石商がこじつけたものだってわかってるだろ」

ド正論だ。私はなにも言えず、ただ口を結んでいた。フクが耳を下げ、威嚇する。

「なんだあいつ！　失礼な奴だな！　叶子の雑貨の前であんなこと言うなんて、叶子が許しても俺が許さないぞ！」

　毛が逆立つフクの背中に、私はそっと手を置いて宥めた。濱田さんがちらと私を見て、気まずそうになにか言いかけ、やめる。きっと私に対して悪いと思いつつ、言わずにいられなかったのだ。

　怒りをぶつけられた青嶋さんはというと、うっすらと微笑を湛《たた》えたまま、じっと聞いていた。そして濱田さんの瞳を見据え、言う。

「そうだよ。石の能力なんてものは人間のあと付けだ。でも、だからこそ意味がある」

「……は？」

　濱田さんが、肩を竦める。私とフクも、目をぱちくりさせた。青嶋さんはにこっと目を細めた。

「石に魔法の力があるわけじゃない、そんなのわかってるさ。意味を込めて石を持つ、人に贈る、そういう〝人の想い〟こそが、石の持つ力なんだよ」

　きらり。青嶋さんの頬の横で、青いイルカが煌めく。

「幸運になれる石を持ったから幸運になれるんじゃない。『これがあるから大丈夫』って自信になるから、幸運に繋がる。内側にあるものを引き出す、きっかけなんだよ。パワーストーンって、そういうものなんじゃない？　少なくとも俺は、そうだと思ってる」

精霊たちが、夏の光に煌めく。フクに乗せていた手が、微かに震える。

そうだ。石に魔法の力があるわけではない。お守りがあるという安心感、好きな色の美しいものが手元にあるという癒し、自分の幸運を願ってくれる人の存在。それが、持つ者の心を強くする。

濱田さんはしばらく言葉を失い、たじろいだ。それから青嶋さんから目を背け、吐き捨てる。

「要するに、気持ちの問題ってことか」

「言いようによってはそうかもな。石に願えば叶うなんて都合のいい話、俺が信じてるわけないだろ？」

ははは、と笑う青嶋さんは、半ば冗談っぽくそう言った。濱田さんは視線を泳がせ、そしてはたと、その目を留めた。

「これ……」

店の入り口で輝く、ガラス瓶のジオラマとグラスだ。私はふっと硬直が解け、フクを肩に乗せた。カウンターを出て、濱田さんのそばを横切る。

「最新作です。『柏木ガラス工房』との共同制作で、こっちはジオラマ、こっちは底に

にとった。

に、こちらに歩いてくる。私はジオラマのひとつ、イルカのシルエットの入った瓶を手

岬さんと作ったこの雑貨は、今日から店頭に並んだ。濱田さんは吸い寄せられるよう

石の入ったグラスです」

「これは青いガラスで海を表現しました」

瓶の中の海から、きらっとイルカが飛び出す。このジオラマに宿る精霊だ。私はほか

の瓶にも手を伸ばした。

「こっちは犬。モスを中心に使って、芝生を表現しています。鳥は空、虎は雄大な自然

の山、蝶は花畑。それぞれ、イメージに合った石も入れているんです」

人工の苔《こけ》素材、モスを使った緑の景色、野性味のある自然石で表現した断崖絶壁。小

さな瓶の中に、ひとつの世界を閉じ込めている。

「ジオラマ……置物か。なにに使うでもない、ただの置物ですよね」

濱田さんが言いにくそうに苦言を呈してくる。私はこくりと頷いた。

「そうですね、小さめの観葉植物を植えてテラリウムにしてもいいし、蠟《ろう》を注げばキャ

ンドルになります。でも、それだけ。なんの役に立つのかと問われれば、なんにもなり

ませんん。生活になくてもいいものです」

でも、こういうものの存在を、濱田さんにこそ知ってほしい。

濱田さんは呆然と瓶を見つめ、やがて私の持つイルカの瓶に手を伸ばしてきた。私が瓶を手渡すと、イルカがひゅんと跳ね、彼の顔を見つめた。

私は隣に並ぶグラスも指差した。

「こっちのグラスも、同じ生き物をデザインしています。使ってる石も、ジオラマと揃えました」

岬さんが作ったグラスからも、同じ色のイルカが顔を出す。青嶋さんがへえと感嘆した。

「すげー、底の石が動くのか。これいいんじゃない？　濱田、アイスコーヒー好きだろ。この前、グラス割れたって言ってなかった？」

「割れたのは茶碗だよ。でも……」

濱田さんは、グラスをじっくりと見つめた。

「いいかもな。こういうの、ひとつくらい持ってても」

「よっしゃ！」

拳を握り締めた青嶋さんは、子供みたいに目をきらきらさせていた。私も自然と、笑みが零れる。

濱田さんはジオラマとグラスの両方、イルカのデザインで揃えて購入していった。ちょっと不本意そうに、でもどこか満足げな、なんとも言えない表情で店を出て行く。

海のモチーフに使った石、セレスタイトとエンジェライトは、やすらぎを与える組み合わせだそうだ。行き詰まりを感じているときに、現状を打破する力をくれる。濱田さんがこのジオラマとグラスに惹かれたのも、偶然ではないのかもしれない。

濱田さんと一緒に青嶋さんも店を出て行くかと思いきや、彼は濱田さんを見送って自分だけ店に残った。私は彼の背に問いかける。

「どうしました？」

「いや、なんかびっくりしてな」

振り向いた顔は、言葉とは裏腹に余裕げな笑顔だった。

「見てのとおり、濱田ってガチガチの現実主義者でさ。融通が利かなくて、頑固で……そんな奴だから、俺も放っておけなくて。無理に連れてきたはいいけど、なにも変わんないかもしんないなって諦めてた。実際、詩乃ちゃんに失礼なこと言いだしたしな」

「いや、事実ですから私は気にしませんけど……」

「けど、ああしてジオラマなんて使い道のないものの骨頂みたいなもん買ってった。意外すぎだったな」

「ですね。でもそれって、青嶋さんの言葉が響いたからじゃないですか？」

石に力があるのではない。石に込められた、人の想いに力がある。それが伝わったから、濱田さんは応えてくれたのだ。青嶋さんは、ああ、と笑いながら言った。

「クッサイこと言うなこいつ、って思ったでしょ？　あれね、全部叶子さんの受け売り！」

「おばあちゃんの？」

驚いたあと、おばあちゃんなら言いそうだなと思った。青嶋さんが頷く。

「実は俺、三年前まで東京で夢追い人やってたんだよ。地元の大学出たあと上京して、定職に就かずバイト転々として、でも思ったようには成功しなかった。結局全部諦めて、地元に戻ってきて鬱々としてたんだ」

私は黙って聞いていた。鬱々としている青嶋さんなんて想像できない。

「そんであるとき、上京時代にお世話になった人に焼き菓子贈ろうとして店調べて、間違えて向かいの店だった『ゆうつづ堂』に入っちゃってな。叶子さんに捕まって、イルカのストラップを持たされたんだよ。『石とか信じてないし、いらない』って拒否ったんだけど、『お代はいらないから』って。まあ俺もタダでもらえるならもらっとこ、と受け取った」

イルカと聞いて、私は彼の横を舞う青いイルカに目をやった。青嶋さんはちょっと照れくさそうに続ける。

「そのときにね、言われたんだ。石の力じゃなくて、それを持つことで湧いてくる気持ちが力になるんだって。それがきっかけで俺はストラップの石がなんだったのか気になって調べて、石に興味持つようになって、今の会社に入った」

「え！　そうだったんですか。じゃ、青嶋さんが今のお仕事してるの、おばあちゃんの影響ってこと!?」

「そう。だから俺は、心の師匠である叶子さんに会いたくて、この店に足繁く通ってんの」

驚く私におかしそうに言い、彼はポケットから携帯を取り出した。

「ストラップの石は、アクアマリンとブルーレースアゲートだった。ふたつ合わせると、気持ちをリラックスさせて冷静にさせてくれる力があるんだそうだ。叶子さんは、俺のぐちゃぐちゃな気持ちを見透かしてたのかな」

携帯にぶら下がっていたのは、銀色のイルカのプレートがついたストラップだった。イルカの横に青い石のビーズが下がっており、シンプルで品のいいデザインだ。

「イルカは癒しと救済、それと友愛の象徴なんだって。濱田がイルカに惹きつけられたんなら、あいつもなにか直感的に感じるものがあったのかもな」

青嶋さんがそんなことを言っていると、店の扉が開かれた。

「おい青嶋！　なにやってんだよ、まだ用事あんのか？」

ずっと待っていた濱田さんが、お怒り気味に声を投げる。青嶋さんは悪びれずに笑った。

「お、すまん。詩乃ちゃんとお喋りしてたわ」

「相手の仕事の邪魔すんな。あと俺を待たせたまま放置すんな」

「気が短いなー、そういうとこだぞお前」

おおらかに笑い飛ばして、青嶋さんは濱田さんの方へとのんびり歩いていった。最後に私に手を振り、店を出て行く。

残された私は、しばし呆然としていた。

「青嶋さん、苦労や挫折を全然感じさせない人だけど……あの人もいろいろあったんだね」

呆《ほう》ける私の肩で、フクが言う。

「『いろいろあった』なんて言葉じゃ片付かないよ。あの頃の青嶋は、今のあいつからは想像できないくらい怖い顔してた。今の性格になるまで、いっぱい努力してちょっとずつ変わっていったんだよ」

「そうなの？」

「青嶋からすれば黒歴史だから、本人には言うなよ。なんにせよ、それを叶子が救ってやったから、今のあいつがあるんだよ。やっぱ叶子はすごい奴だ」

フクは懐かしそうに、当時を振り返った。

「青嶋が初めてこの店に来たとき、店の精霊たちがわーっとあいつのとこへ吸い寄せられてったんだ。叶子にはそれが見えてたから、放っておけなかったんだな」

きっと当時の青嶋さんは、今日の濱田さんの強化版だったのだろう。いろんなものが欠けてしまっていた彼と出会い、おばあちゃんは彼にいちばん必要だったイルカのストラップを、どうしても持たせたかった。強引に渡したのも、見返りを求めず、彼を救おうという気持ちひとつだったからだ。

そしてその想いはたしかに青嶋さんに届き、彼を変えた。

店の中をたゆたう精霊たちは、おばあちゃんの祈り。雑貨を手にした人に幸せが訪れるように願った、その気持ちが可視化されたもの。だからこんなに美しくて、優しい。

おばあちゃんの雑貨には、人を想う気持ちが籠っている。そしてそれに応えてくれる人たちは、みんなおばあちゃんを好きになる。

「私は、おばあちゃんみたいに器用じゃないけど」

扉のそばの棚で、ガラスのジオラマとグラスが煌めいている。

「いつか、そんなふうになれるのかなあ……」

まばゆい光に、目を閉じる。フクは返事をしてくれなかった。

Episode 6　エメラルドの愛

「はい、おばあちゃん。頼まれてた本！」

おばあちゃんのお見舞いに行った夕方、病院の談話室。松葉杖をつくおばあちゃんに、私は『鉱石辞典』を掲げて見せた。おばあちゃんがぱあっと顔を輝かせる。

「ありがとう。重かったでしょ」

「ううん、なんてことないよ」

昨日面会に来たとき、おばあちゃんからこれを持ってくるように頼まれていた。たしかにこれだけ厚くて読み応えがあれば、入院生活の暇つぶしにぴったりである。おばあちゃんの横にいたユウくんが、一緒に嬉しそうな顔になる。

「詩乃さん、ありがとうございます。さ、叶子さん。座れますか」

ユウくんがおばあちゃんを支え、テーブルを囲む椅子を引く。もたつきながら椅子に腰掛けたおばあちゃんは、さっそく本を開いた。

「やっぱりこの本は最高ね。いくらでも見ていられるわ」

「面白いよね。でもすごく不思議。全部手書きだし、どこの文字なのかわかんないし」

私も、おばあちゃんに向かい合って椅子に腰を下ろした。

この本は幾度となく開いたが、見れば見るほど謎が深まる。美しく描かれた石の説明は誰が書いたのか。精霊が見えるようになるのはなぜなのか。

そうだった、それを聞こうと思っていたのだった。誰が書いて、どうしておじいちゃんがこれを手に入れたのか、尋ねようとしたそのときだった。おばあちゃんが開いたページが目に留まり、別の言葉が口をつく。

「あ、アクアマリン……」

描かれていた青い石を見て、私は本のことを聞くのは後回しにした。

「青嶋さんに、おばあちゃんと出会った日の話、聞いたよ。おばあちゃんが『石自体に力があるわけじゃない』って言ったの、ちょっと意外だったけどすごく納得したよ」

「あら？　私、そんな夢のないこと言ったかしら？」

すっとぼけるおばあちゃんに、ユウくんが呆れ顔になる。

「言ってましたよ。僕も覚えてます」

「うーん、だって私は石には不思議な力がきっとあるって信じてるもの。けど青嶋くんもユウもフクも覚えてるなら言ったんでしょうね。ふふふ」

おばあちゃんは時々、とぼけているのか本当に忘れているのか判別が難しい反応をする。こういう摑みどころのない感じが、ますます魔法使いっぽい。

おばあちゃんはぽんと両手を合わせ、無邪気に微笑んで見せた。

「まあそれはいいじゃない。それより、詩乃ちゃんがガラス職人の子と作った合作はどうなったの？」

その話題を切り出され、私も思わず早口になった。

「それがね！　置いた当日、すぐに売れたの。青嶋さんの友達の、濱田さんって人が買ってくれたんだ。濱田さん、余計なものを嫌うタイプっぽかったんだけど、ジオラマは自ら選んでくれて……。それとね、ガラス工房で作業してる岬さん、すっごくかっこよかった！　ガラスを細工してる職人の所作自体も凛々しいんだけど、それだけじゃなくて。ああいう、仕事に誇りを持ってる人ってすごくきらきらしてる」

ああして気高く働く人がいて、想いを込めて作り上げたものが、誰かの手に渡ってその人を救う。時に人生を変える。その一連の流れに立ち会えたのがとても嬉しい。興奮気味の私に、おばあちゃんはくすくすと笑った。

「そうね、それがモノ作り、モノを売ることの醍醐味かもしれないわね。そのカタルシスを知ったのなら詩乃ちゃん、もっといろいろ作ってみましょうよ」

「私に作れるかなあ」

自分でも、自覚がある。おばあちゃんほど上手には作れないが、でも、作ってみたい気持ちが芽吹きはじめている。おばあちゃんの生み出す雑貨の数々、作業に向き合う岬さんの真剣な面持ち、作る人と買う人を繋げる喜び……様々な魅力が私のちっぽけな不安を上回ってきている。おばあちゃんは満足げだった。

「心配しなくても、最初は誰もが初心者よ。むしろ詩乃ちゃんには、協力できる私がいるんだから恵まれてるわ。ほかにも部品のサポートをしてくれる青嶋くんがいるし、インスピレーションをくれる岬ちゃんがいる。作業を見ててくれるフクも……」

言ってから、おばあちゃんははたと、まばたきをした。

「そういえば、今日はまだフクを見てないわね。一緒じゃないの？」

「ううん、いるよ」

私はそっと、カーディガンのポケットの口を引っ張った。おばあちゃんが覗き込み、無声音で「あら」と笑う。ポケットの中で、フクが丸くなって眠っているのだ。まんまるな白い毛玉と化したフクは、背中を微かに上下させてぷうぷうと寝息を立てている。

おばあちゃんが声のトーンを落とす。

「やっぱり猫だからかしら。この子はよく眠るわね」

「寝てるフク、静かでかわいいよね。喋ると減らず口だらけだけど……」

このかわいらしい姿を見ていると、起きているときの生意気も許せてしまうから心憎い。私になにかと突っかかってくるフクだが、こうやってカーディガンのポケットで寝てしまうのだから、なんだかんだ懐いてくれているのだろう。

ただ、まだまだ通じ合えない部分もたくさんある。

「ねえおばあちゃん。この前の、マルシェのときにね。フクに怒られちゃった」

あれはいつもの生意気ではなく、結構本気で怒っていた気がする。

「私、運が悪いからさ。いろんなことがうまくいかないのが当たり前な気がして、マルシェでもほとんど売れないかもって思ってたの。そしたらフクに、『落ち込まないために保険かけてるだけ』って言われて……。私、ついムッとして『フクは精霊だから前向きなことしか考えない』なんてきつく返しちゃったんだけど。今思えば、フクの指摘が図星だったから不愉快な気分になったんだろうな」

あのときはマルシェの現場だったのでそこで話を中断した。その険悪な状態のままイヤーカフをなくしたこともあり、フクが余計に不機嫌になった。今はなんとなくうやむやになっているが、私たちはまだ、あのやりとりに決着をつけていない。

「フク、しばらく機嫌悪かったもんなあ。もしかしたら今も、許してくれてはいないかも。私がイヤーカフつけているから一緒にいるだけで、内心では本気で嫌われたのかな」

小さくため息をつくと、ユウくんがすぐに首を横に振った。

「それはないと思いますよ。……たぶん」

即答したわりに、自信なさげな語尾がついた。

「あくまで僕の場合は、ですが。詩乃さんの言うように、前向きなことばかり考えているという自覚はありません。でも持ち主……叶子さんを元気づけたいっていうのが行動原理ではあります」

「そうね。私が悩んでると、ユウは励ましてくれるわ。解決してくれるわけじゃないけど、肩の力を抜かせてくれるというか」

おばあちゃんがこっくり頷く。

「フクも、詩乃ちゃんが自信をなくしてると、なんとかしなきゃって衝動に駆られるのかもね。この子は素直じゃないだけで、詩乃ちゃんのこと、いちばんに考えてるはずだもの」

おばあちゃんはにっこり微笑むと、壁の時計を見上げた。短針が八を指そうとしている。

「遅くまで話し込んじゃったわね。そろそろ帰りなさいな」

「うん、また来るね」

面会時間はあっという間に過ぎてしまう。おばあちゃんを病室に送り、私もエントランスへ向かう。病室に背を向けたとき、ふいに、後ろから声をかけられた。

「あの、詩乃さん」

振り向くと、おばあちゃんと一緒に病室に入ったはずのユウくんが立っていた。手には『鉱石辞典』を抱えている。

「この本、お返しします」

「え、おばあちゃんの暇つぶし用じゃなかったの？」

「いえ、叶子さんは久々にこの本に触れたかっただけです。それより病室に置いておくことで、看護師さんが触ってしまうといけないので……」

彼は私に本を突き出し、ふんわりと目を細めた。

「持ってきてくれて、ありがとうございます。明日も、叶子さんに会いに来てくださいね」

＊　＊　＊

翌日。私は店のカウンターの椅子に座って、スケッチブックに絵を描いていた。先程岬さんからメールが来て、また共同でなにか作らないかと誘われた。次はどんなものを作ろうか、考えるだけでもわくわくする。

そんな私を、フクがカウンターの端から眺めている。

「楽しそうだな」

「そう?」

「うん。詩乃って、なんだかんだ雑貨作り好きだよな」

「そうかもしれないなあ。上手ではないけど……」

そこまで言いかけてから、私はマルシェでのフクとのやりとりを思い出した。

「……なんて言ったら、またフクに怒られちゃうか」

「怒ってないし。単に、過小評価がむかつくだけ」

フクは素っ気なく言って、ぷいと後ろを向いてしまった。

そこへ、店の扉が軋んだ音を立て、隙間から夏の日差しを覗かせた。反射的に、私は立ち上がって会釈した。

「いらっしゃいませ」

「こんにちは」

遠慮がちに頭を下げて入ってきたのは、若い女性だった。私より少し歳下くらいで、真っ直ぐな長い黒髪を下ろしたかわいらしい人である。手には小ぶりなトランクを引いている。彼女は店の中をくるりと見回して、私に話しかけた。

「ここ、夏凪叶子さんのお店で合ってますか？」

「はい、私は孫ですけど……祖母になにか用事ですか？」

おばあちゃんのフルネームを出して尋ねられたのは初めてだ。きょとんとする私に、黒髪の女性はほっとした顔で駆け寄ってきた。

「申し遅れました。私、月兎耳《つきとじ》大学の民俗学部の学生です」

カラカラと、彼女の足元でトランクのキャスターが回る。

「夏凪由続《よしつぐ》教授の、遺品を届けにきました」

その名前を聞いたとき、私は全身が痺れた気がした。脳裏に浮かぶ、眼鏡に白いシャツの若い男性の写真。ピースサインをしていた、あの人。

「……おじいちゃんの？」

寝そべっていたフクも、ぴんと耳を立てている。黒髪の女性は、カウンターの前でトランクを開けた。

「連絡もなしに急に訪ねてしまってすみません。うちの研究室、新学期から部屋を引っ越すことになって、今使っている場所の大掃除をしていたんです。夏凪教授が遺してくださった資料もあったんですが、それに交じってこんなものが出てきまして」

トランクから出てきたのは、古びたノートだった。表紙が色褪せていて紙自体がだいぶくたびれている。

私は手渡されたそれを、おもむろに開いてみた。

『八月十四日。今度の調査先は地中海沿岸。叶子への説明が不十分だったのではないかと、空港で気づいた。土産を多めに持ち帰って、許しを乞おう』

「日記……ですか？」

「はい。読んじゃいけないと思ったんで、詳しくは見ていませんが。教授ご自身も、大学に隠していたことを忘れていたのかもしれませんね」

彼女の手からは、同じ表紙のノートがあと四冊手渡された。裏返すと、裏表紙の端に小さく西暦と日付が書かれている。五十年以上前、おばあちゃんと結婚もしていない頃だ。

黒髪の女性は、トランクを閉じた。

「ご家族にお返しした方がいいかと、持ってこさせていただきました。教授の奥様、叶子さんにお渡しください」

丁寧に一礼して、彼女は店を後にした。私は閉じられた扉を眺め、しばしぼうっとしていた。なんだか、胸がそわそわする。今は亡きおじいちゃんがその手で記した、日々の記録が今、ここにある。タイムカプセルを開けるみたいな、そんな緊張感だ。

呆ける私を、フクののんびりした声が我に返す。

「日記かあ。叶子の夫……由続って人は、大学の教授だったんだっけ」

「うん。おばあちゃんがそう言ってたね」

「叶子の夫やってるくらいだし、石とか精霊とか研究してたんかな」

「それはどうだろう。民俗学って言ってたから……あ、でも民俗学なら地域に根付いた精霊信仰の文化とか、調べてたかもね」

この日記に、おじいちゃんが研究していた内容も書かれているのだろうか。気になる。でも勝手に日記を読むのは……と思っていたら、フクが尻尾を使って器用に表紙を捲っていた。

「あ！　こら、勝手に！」

「鉱物の歴史なんかも調べてたんかな。なあ詩乃、俺、字ぃ読めない。なんて書いてある？」

まったく、フクは自由気ままな奴である。開かれたページが私の目にも入る。やや癖の強い、温かみのある筆跡だ。そこにたしかに生きたおじいちゃんの息遣いを感じるようで、どきりとする。

『八月二十日。叶子から怒りの電話。愛しい婚約者を怒らせたのは、これで何度目か』

その行のすぐ下に、翌日の記録が綴られる。

『八月二十一日。散策の途中で道に迷う。ここはどこだろう。地図に載っていない』

短く淡々と、その日の出来事がメモ程度に語られている。

『八月二十二日。叶子への土産が決まった。彼女はきっと、この本を喜んでくれる』

その日の文末は、こう締めくくられていた。

『私が見ている世界が叶子の目にも見えるようになるのは、少し怖くもある。だが彼女のことだ、必ずや、受け入れてくれるだろう』

＊　＊　＊

その日の夕方も、私は病院へおばあちゃんに会いに行った。

今日は少し早めに店じまいをして、いつもより駆け足で病院のエントランスに入った。

エレベーターでおばあちゃんの病室に向かう、この僅かな時間さえもどかしい。病室に着き、おばあちゃんが私に笑いかけるのを見るなり、私は鞄からノートを取り出した。

「これ、おじいちゃんのいた大学の研究室から出てきたんだって」

おばあちゃんはベッドで上体を起こして座っており、ベッドサイドの椅子にはユウくんがいる。おばあちゃんは驚いた顔で、私からノートを受け取った。

「研究資料は大学に寄贈したはずだけど……あら？　日記？」

「うん。ごめん、ちょっとだけ読んじゃった」

謝ってから、私はちらと、自分の肩にいるフクを一瞥した。

「『鉱石辞典』……あれは、おじいちゃんの旅先からのお土産だったんだね」

日記に書いてあったのを、見てしまった。五十年以上前の八月、研究のために旅に出たおじいちゃんの、旅先での出会い。その〝友人〟から受け取った、本のこと。

ベッドの横のチェストには、今日も写真が飾られている。ピースサインをする、若い男性の晴れやかな笑顔。おばあちゃんは長い睫毛を伏せ、微笑んだ。

「そうよ。あの本は、おじいちゃんが精霊の一族から譲ってもらったもの。精霊の書いた本は、精霊と人間を結ぶ架け橋になる……そう聞いてるわ」

おじいちゃんの日記には、単調な文章でこう書かれていた。

その国の一部地域に深く根差した精霊の逸話を追っていたおじいちゃんは、森で道に迷い、奇妙な集落に辿り着いた。そこに住む人々は何語ともつかない謎の言語で話すが、おじいちゃんが迷い込んできて困っているのは伝わったようで、もとの道へ送り返してくれたのだという。

そしてこの人たちが、おじいちゃんに『鉱石辞典』を持たせた。

おじいちゃんは日記の中で、この集落の人々をこう呼んでいた。

『精霊たち』と。

「おじいちゃんはね、生まれつき〝見える人〟だったの」

おばあちゃんはおじいちゃんの日記を愛しげに見つめていた。

「私たちは幼馴染みで、お互い、小さい頃からよく知ってるんだけどね。彼はモノに宿る精霊が見えていたんですって。嘘つきだってからかわれたりもしてたけど、挫けるどころか開き直るような人だった。私も、からかいはしなかっただけで信じてなかった」

懐かしそうに語る瞳は、まるで当時の景色がそこに見えているみたいだった。

「おじいちゃんは自分に見えてる精霊たちが自分の幻覚ではない、実在してるんだって証明するために、学者の道を選んだ。何年もかけて精霊を信じる地域を研究して、ついに見つけたのが、その精霊の住む集落。精霊たちは自分の姿が見えているおじいちゃんにびっくりしたのかしらね。友好の証として、精霊の文字で書いた本をおじいちゃんに持たせてくれたんだって」

おばあちゃんの話は、滔々と語られたがいまいち頭に入ってこなかった。精霊のいる集落とか、精霊と人間を結ぶとか、あまりにファンタジックで現実の話とは思えない。しかし語っているおばあちゃん自身も、物語を読んでいるだけみたいな、冗談っぽい語りだった。

「信じられないでしょ？　私もあんまり信じてないわ。事実も作り話も変わらない口ぶりで話す人だったから、この話もどこまで事実かはっきりわからないのよ」

おかしそうに言う彼女に、フクが目をぱちぱちさせた。

「えっ、信じてないのか？」

「信じてないというか、どっちでもいいの。たとえ作り話だったとしても、おじいちゃんがお土産に面白い本をくれたこと、こうして精霊が寄り添ってくれること、これだけは私にとって紛れもない真実だもの」

おばあちゃんの手がユウくんの頭を撫でる。ぽかんとする私を横目に、彼女は続けた。

「でも実際にあの本に触ると精霊が見えるようになったんだから、少なくとも半分くらいは本当なのかもね」

おかしそうに笑って、それから優しげな声で言った。

「いずれにしろ、もう確かめる術すらないけれど……」

おばあちゃんの眼差しが、ユウくんに向く。擽ったそうに照れ笑いするユウくんの髪を、おばあちゃんの手が優しく乱す。

「会えるなら会いたいわ。精霊の住む森の真偽以上に、話したいことがいっぱいある」

そのとき、私はハッとなって写真立てに目を向けた。若い頃のおばあちゃんの横でピースする、眼鏡の男性。その笑顔の、不思議な既視感の正体。

おばあちゃんに撫でられている小さな少年――ユウくんの顔に重なるのだ。

そして私の脳裏に、ユウくんがぽろっと零した些細なひと言が浮かんできた。

『まあ、叶子さんには僕よりもっと大切な人がいるんですけど……』

そうだったんだ、と、妙に合点がいった。精霊は、人の想いの形だ。おばあちゃんの想いの強さで、ユウくんが形作られていく。ひとりぼっちになってしまったおばあちゃんと話せるように言葉を覚え、おばあちゃんが愛した人の姿に似てくる。そしてユウくん自身も、それに気づいている。

根拠はない。でも、きっとそうなのだと思った。

「おばあちゃん。ユウくん……のペンダントも、おじいちゃんがくれたものなんだっけ？」

「ええ。本をもらうより、さらに前にね」

おばあちゃんはユウくんの頭から手を離し、胸に下がった石をそっと握った。

「エメラルドとオパールは、魅力と可能性を引き出してくれる石なの。そして、芸術的な感性を磨いてくれるとも言われてる」

彼女の胸で、石が煌めく。

「特にこういうペンダントやブローチ、胸元につけるものは、創造力を高めると言われているの。手芸が好きな私には、ぴったりの相棒なのよね」

これは私の想像でしかないが、おじいちゃんはたぶん、石の意味を知っていておばあちゃんにこのペンダントを渡した。手芸が得意なおばあちゃんが魅力的で美しいから、その意味を持った石を選んだ。おじいちゃんの真心、それに応えたおばあちゃんの気持ちが、ユウくんになって今、おばあちゃんを支えている。

「私も……」

自然と、言葉が口から溢れた。

「私も、そんな大きな想いの印、作れるかな」

何十年も離れていても、切れない絆。変わらない愛。そんな想いが詰まった、手作りの雑貨。

おばあちゃんは、なぜだか自信たっぷりに頷いた。

「作れるわ。詩乃ちゃんの中にある想いは、形作ることで精霊に生まれ変わる。詩乃ちゃんの中に眠る精霊を、生まれさせてあげて」

帰り道、夕方の空は東の方だけ薄暗く翳《かげ》っていた。白く小さなシミみたいな月が、ぽつんと寂しげに浮かんでいる。私は、空の色の境界のグラデーションをぼんやり眺めていた。

「フクは気づいてた？」

「なにが？」

「ユウくんが、写真の中のおじいちゃんに似てるの」

「あー……」

フクは投げやりに、あくびの混じった返事をした。

「なんとなく、そうかもなってくらいには」

私はおばあちゃんとユウくんを見ていて、ひとつの仮説に辿り着いていた。たぶん精霊は、そこに籠った想いの強さ、モノを大事にする気持ちで成長する。ペンダントはおばあちゃんの宝物だから、そこに宿る精霊のユウくんは、おばあちゃんの想いに応えるように姿を変えていった。そう考えると、辻褄が合う。

私は、肩で丸くなるフクに目をやった。

「そういえば、フクもだよね。フクも精霊だから、おばあちゃんの優しい気持ちの表れだ」

「それがなんだよ」

フクが素っ気なく返す。

フクはほかの精霊より会話ができるし、ふわふわした毛に触れられる。それはおばあちゃんがイヤーカフに託した、私を想う気持ちの強さの表れかもしれない。もらった当時、私はこのイヤーカフを落としてしまったが、おばあちゃんは私が取りに来ると信じて十八年大事にしていた。一緒に待っていてくれたフクも、こうしてふわふわな猫へと成長した。

そう思ったら、今、私の頬に触れるこの温もりが、愛しくてたまらない。

「だとしたら、フクが本気で私を嫌いになるはずないなーと思って」

へへ、と笑って語尾を濁す。

フクは耳を真っ直ぐ立てて小さな牙を剥き出しにした。

「なんだよ気持ち悪いな！」

「だってここのところ、フクずっと機嫌悪かったからさ。本気で嫌われたかと……」

「だから怒ってねーって、俺ずっと言ってたじゃんか！」

フクはギャーギャー喚いて、不機嫌そうに尻尾を振った。

「このイヤーカフ、運悪いって嘆く詩乃のために、叶子がくれたものだろ。それなのに詩乃はまだ不運だとか自信がないとかそんなんばっかで、俺がそばにいるだけじゃ力不足なのかよって……」

もそもそした声が、鼓膜を擽る。私はあっと、小さく叫んだ。「失敗続きだからって、今回もだめとは限らないだろ」というフクのあの言葉は、そういう意味だったのか。これまでの私とは違う、イヤーカフをつけた私に、もっと自信を持ってほしかったのだ。日頃からなにかとおばあちゃんを褒めて私を貶《けな》していたのも、「そんなことない」と言い返してほしかったからなのか。

なんだ、やはりこの子は口が悪いだけで、かわいいところがあるではないか。

つい、にやっと口角が上がってしまう。私の反応を見て、フクはまた、全身の毛を逆立てて怒った。

「なんだよその顔！　自信持てっていうのは、うじうじされるとうざったいからであって、詩乃のこと認めたわけじゃないかんな！」

「はいはい」

「だから、にやにやすんな！」

西の空に小さく、光の粒が見える。遠くにたしかに見えるそのいちばん星の方向へ、軽い足取りで歩いた。

Episode 7　白水晶の幸運

私、夏凪詩乃は、どうにも運が悪い。たぶん、幸運の女神から見放されている。

店のカウンターで本を読んでいるとき、唐突に窓の外がピカッと光りゴロゴロと遠くで音がした。私は体を弾かれたみたいに立ち上がる。

「えええ!?　嘘っ!　雷!?」

外は晴れているが、今のは間違いなく雷の音だった。そして間もなく、雨の音が建物を包みはじめる。ほんの数秒前まで晴天だったのに、天気予報も快晴だったのに、突然のにわか雨だ。よりにもよって、朝から布団を干した日に。

「待って待って、結構降ってる!　フク、お客さん来てないかそこで見てて」

カウンターで昼寝するフクにとりあえず頼む。たぶん聞いていないけれど、もう仕方ない。私は暖簾を潜り裏の庭へ飛び出し、少し濡れた布団を取り込んだ。室内に逃げ込んでひと息つき、湿った布団を抱き寄せる。文字どおり、青天の霹靂《へきれき》。からの大雨。いい天気だったから干したのに、この有様だ。我ながら運の悪さに辟易する。

とはいえ、雨に早めに気づいたおかげでたいして濡れなかったのが救いだ。布団を洗濯機に突っ込んで、乾燥機にかけた。

そこでなんとなく嫌な予感がして、左耳に触れてみた。予感は当たり、イヤーカフがない。私は足元を目で探り、布団を取り込んだ庭まで戻り、あちこち捜して、結局、洗濯機の前に落ちていたのを見つけた。一発で見つけられなかったのは、運悪く床にあった洗剤の陰に隠れていたからだ。

まあ、手が届かないような場所に入らなくてよかったし、なにより見つかったのだからラッキーだった。手の中で、イヤーカフがチャリ、と小さく鳴る。白水晶と猫形のプレートが重なると、耳に心地よい音がするのだ。これを左耳につけて、よし、と呟く。

屋根を叩く雨粒の音が、強まってくる。

「いつ止むのかな……」

ひとりごちて、暖簾を越えて店に戻る。窓の外が暗いせいだ、店の中まで薄暗い。その仄暗い空中をきらきらと、精霊たちが舞う。霧のように現れては消え、目の前を通り過ぎていく。照明の当たるカウンターの隅で、フクが寝息を立てている。

「ねえフク、お客さん来なかった?」

寝ている背中に問いかけると、フクはうーんと唸ったようなにゃーんと鳴いたような、どちらともつかないような寝言で返事をしてきた。それがなんだか愛おしくて、私はフクの背中を指の先でそっと撫でた。

生意気な口さえきかなければ、フクは白くて小さくて丸くてふわふわで、かわいい。こんなにかわいいのに、フクの姿は私とおばあちゃんにしか見えない。もったいないな、なんて時々思う。

カタカタと、風で窓が揺れる音がする。この雨ではお客さんも来ないだろう。もっとも、晴れていても暇な店ではあるが。たまに来るお客さんも、おばあちゃんと仲の良い常連さんがほとんどで、経営難は相変わらずだ。店を閉めたあとに帳簿を見ては、憂鬱なため息が出る。どうせ閉めてしまう店なのだから、開き直ったようなものではある。でも、岬さんも言っていたが、せっかくいい店なのだ。もっとたくさんの人に知ってほしい。

私はカウンターの中に置いておいたスケッチブックを取り出し、開いた。岬さんとの新たな共同制作は、まだ新しいアイディアが出ていない。退屈なこの時間に考えてみる。最近、この時間が好きだ。どういうコンセプトで、どんな人に向けて、なにを作るか、考えるのが楽しい。

そうだ、私はこの店に来るよりもっと前から、こういう仕事がしたかったのだ。

スケッチブックにペン先をつけていても、アイディアが浮かんでこない。私はカウンターですやすや寝ているフクを横目に、おもむろに落書きを始めた。ふわふわしたまんまるを描いて、三角の耳をつけ、ぽってりした尻尾を描き足す。

と、ふいに、雨の音が大きくなった。音に反応したのか、爆睡していたフクの耳がぴくんと振れる。私も、顔を上げた。店の扉が開いていて、そこに逆光を背負ったスーツの男性が立っている。一瞬誰だかわからなかったが、雨で髪がへたった青嶋さんだ。

「いらっしゃいませ。雨の中でも営業、大変ですね」

スケッチブックを閉じて、彼と目を合わせる。

「急に降られました？　タオル持ってきますね」

奥へタオルを取りに行こうとしたが、その前に足が動かなくなった。青嶋さんの目が、いつものように笑っていない。

「……詩乃ちゃん」

見たことのないような険しい顔で、彼は切り出した。

「叶子さん、いつ帰ってくる？」

こんな神妙な声、初めて聞いた。目を覚ましたフクが、頭を擡げて青嶋さんを見つめている。私も、緊張で声が震えた。

「どうしました……？」

ぽた、と、青嶋さんの髪の先から雫が落ちた。

「この店、叶子さんが畳みたいから畳むんじゃない。潰されるんだ」

「はい？」

私は思考停止してしまい、間抜けな声が漏れた。固まる私の手前で、フクが尻尾を揺らめかせている。

「なに言ってんだ？」

フクの声は聞こえていない青嶋さんだが、濡れたまま店の中を突き進んできて、私の目の前で立ち止まった。

「さっき、職場の先輩から聞いた。なんか知らない変な不動産会社が……この店の土地を買収して、新しい施設を建てるって……」

なにを言われたのか、頭に届いてこなかった。なにがなんだか、全然わからない。ただ、全身を雷に打たれたような衝撃で、言葉が見つからない。

硬直した私に代わって、フクが尻尾を膨らませて青嶋さんを威嚇する。

「はあ!? おい、どういうことだよ！ 説明しろ！」

私はまだ、凍りついていた。

＊　＊　＊

「あら、ついに知っちゃったのね」

お見舞いに来た私に、おばあちゃんは困り顔で笑った。

「そうなの。あのお店……というか、あの建物、家も、全部。取り壊しが決まってるの」

「なにそれ……。聞いてないよ」

問い詰める私の声は、自分でも情けないくらい震えていた。おばあちゃんが力なく笑う。

「あれは桜が咲いたばかりだったから……半年も経ってない頃ね。お店に立ち退きの話が来たの」

「なんであの場所なんだよ、ほかんとこに建てればいいだろ！」

フクが牙を剝く。おばあちゃんの横でユウくんがうーんと唸った。

「えっと、たしかロケーションとか、駅からの利便性とか、いろいろあるみたいでした」

「ユウ、知ってて叶子を止めなかったのか」

フクの吠える声がユウくんに向く。ユウくんは、肩を縮ませて目を伏せた。

「僕がなにか言ったところで、決めるのは叶子さんだから」

「せめて止めろよ。あと俺にも言えよ。ユウってそういうとこあるよな！」

「なんだよ、僕が悪いって言うの⁉」

珍しく喧嘩を始めたふたりの間に、おばあちゃんが割って入った。

「まあまあ、ユウの言うとおり、最終的に決めたのは私よ。あんな小さくて今にも潰れそうな店を継続させるより、新しい建物が建つ方が、町の発展のためになるって話よ。私自身も、もっと便利な場所に引っ越すいい機会になるしね」

フクとユウくんが押し黙る。おばあちゃんは柔らかな口調で続けた。

「それにこれは、店を閉めるきっかけに過ぎないのよ。取り壊しはすぐというわけじゃなくて、施設の建設は五年、十年と先のこと。急いで店をやめる必要はないんだけど、それでも私は、今年の夏に終わらせることにした。自分で潮時だってわかってるから」

おばあちゃんはフクの鼻先をちょんと撫でた。

「その話が来たとき、フクもいなかったかしら？　覚えてないなら寝てたのかも」

「叶子はそんなのに合意したのか？」

「うん。どうせ私の体もそんなに元気じゃないし、ちょうどいいかなって、ね」

おばあちゃんはそう言ったが、私には、おばあちゃんが納得しているようには見えなかった。

「本当に、合意したの？」

「ええ」

「脅されたとかじゃなくて？」

「……ええ」

微笑むおばあちゃんの目は、どこか憂いがある。しばらく見つめていると、おばあちゃんは根負けして、くたっと肩の力を抜いた。

「はいはい、嘘よ。本当は毎日しつこく店に来られて、ちょっと強引に合意書にサインさせられたわ」

「やっぱり！　おばあちゃんが大事にしてるあの店を、あっさり手放すはずないもん。変だと思った！」

「ふふふ、どうして詩乃ちゃんには見抜かれちゃうのかしらね」

おばあちゃんは悠長に笑い、それから垂れた髪を耳にかけた。

「でもサインしたのは事実だもの。今更覆せないわ」

「そんなの……」

その先の言葉は、喉で詰まって出てこなかった。

店がなくなってしまうのは、おばあちゃんが決めたことだから仕方ない、と受け止めていた。だが本当はそうではないなら、おばあちゃんだって不本意だったなら話は違う。それなら認めたくない。絶対にだ。

奥歯を噛む私を優しく見つめ、おばあちゃんは微笑んだ。

「もういいのよ。詩乃ちゃん。私のために悔しがってくれてありがとう」

「でも、私、なんにも……」

「お店がなくなる最後の日まで、いてくれるんでしょう？　私はそれだけで十分よ」

優しい声が胸にぐさぐさ刺さって、泣きそうになる。おばあちゃんは私の手の甲をそっと撫でた。

「私もお店の最後の日まで、自分の足であのお店に立っていたかったけれど……詩乃ちゃんがいてくれて、本当によかったわ」

冷たい指先の温度に、胸が苦しくなる。良いわけない。そう言いたかったけれど、やはり喉の奥で絡まって、声にならなかった。

窓の外からさあさあと冷たい音がする。外はまだ、雨が降っていた。

＊　＊　＊

翌日も、雨が降っていた。私は店を開ける前に、寝室の戸棚から封筒に入った書類を見つけた。フクが私の肩から覗き込んでくる。

「なんだそれ？」

「合意書の控え。と、その他書類だね」

春先におばあちゃんが受け取った、取り壊しに関する書類一式である。封筒の中身は、おばあちゃんのサインが入った合意書控えが一枚と、説明、規約がたった二枚だけだった。

「これだけで合意させるなんて……。納得できるわけないじゃない」

「嫌な会社だな。文句言ってやろうぜ！」

フクが耳を下げて怒っている。私は書類の右上にあった連絡先を見て、携帯のキーパッドに電話番号を打ち込んだ。数秒のコールのあと、朗々とした男性の声が応答した。

「お電話ありがとうございます、編京開発《へんきょうかいはつ》です！」

「あの、御社から立ち退きの依頼を受けている『ゆうつづ堂』です。担当者のかたとお話しできますか」

緊張して、声が震えてしまった。猫だから耳がいいのか、肩の上のフクにも電話の向こうの声が聞こえるらしい。耳を真っ直ぐに立てて、ぎゃあぎゃあ喚いている。

「おい！　叶子の店を返せ！　叶子がよくても俺が許さないぞ」

フクが文句を言ったところで相手には届かないのだが、彼はよほど気に食わないようで必死である。数秒の保留音のあと、電話口の男性がやけに高い声で続けた。

「夏凪叶子さんの『ゆうつづ堂』さんですね。立ち退きには快く合意いただいておりましたが、その後なにか問題でも？」

話ができそうで、少し安心した。

「その件ですが、やっぱり合意を撤回できませんか。私は店主の孫なんですが、本人と話したところ、あんまり納得していない様子だったんです」

こうして冷静にやりとりして、契約を白紙に戻せれば……と、思った矢先だった。

「お言葉ですが。叶子さんには、たしかに快くサインをいただいております」

朗らかな声なのに、ぞっとするような圧を感じる。たじろいだ私だったが、怯《ひる》んでいる場合ではない。こちらも、毅然として返した。

「本人は、強引にサインさせられたと申しておりましたが」

「まさか。納得していただいた上での合意です。失礼ですが、叶子さんはご高齢ですから、記憶が混濁していらっしゃるか判断力が鈍っていらっしゃるのでは？」

その言葉に、カチンときた。まるでおばあちゃんがぼけっとしていて、嘘をついているみたいな言いかただ。

「祖母はしっかりした人です」

「そう仰られましてもね。失礼ながら『ゆうつづ堂』さんはあまり経営が良好とはいえませんよね？　ああいうお店は、経営なさっているかたが亡くなられたりして、ご遺族があとの処理に困るケースも多いんですよ。ですからね、叶子さんにはお元気なうちにお店を引退していただいて、場所を私共に売ってくださるようお話ししました。叶子さんご自身も、老後を見てくれるご家族と一緒に暮らした方が安心ですし。双方ウィンウィンのお話として、ですね」

「はあ!?」

つい、声を荒らげてしまった。おばあちゃんはそんなことを言われたのか。だから店を諦めてしまったのか。頭に血が上って、次の言葉が思いつかない。

昔と変わらずにこにこしていたから、全然気づけなかった。自分がいなくなったあと残る店のことを考えて、不安になったに違いない。そんなおばあちゃんに強引にサインさせるなんて、酷すぎる。

いや、酷いのはこの会社だけではない。おばあちゃんは、家族である私や、お母さんになにも相談してこなかった。長年会っていなかったから遠慮したのだろう。不安を抱えていただろうに、言えなかったのだ。私たちが、おばあちゃんをひとりぼっちにさせた。今も本当のことは私には黙っていて、「自分で決めた」なんて言い張って……。

フクも牙を覗かせて絶句していた。電話先の男性は、私の怒りの声にも動揺せず、余裕な態度を崩さなかった。

「そういうわけですから、お孫さんもご理解ください」

「ちょっと待て、誰がご理解なんてするか！」

フクがシャーッと牙を剥く。その声に我に返って、私も半分くらい怒りに任せて電話口の男性に言い返した。

「そっちにとってはおばあさんがやってる経営不振の小さい店かもしれないけど、ここにはこの店を大事に思ってるお客さんたちがいるんです。この店がなくなると知ったら悲しんでくれる人がいるんです！」

「それは、どんなお店もそうですよ」

しれっとした態度が腹立たしい。

「お店を大切になさっているお気持ちは伝わりましたが、地域の発展のためにもご理解ご協力ください」

フクが絶句して毛を逆立てている。私は憤りで打ち震えた。

「そんなに経済に影響力のある大きな施設なのか、なんなのか知らないけど……」

あまりに悔しくて、半ばやけっぱちになっていた。

「うちの店の方が地域に必要とされています。今はあんまりお客さんいないけど、知られてないいだけです。もっといろんなお客さんに知ってさえもらえれば、繁盛するはずです！」

「ははっ」

興奮する私を、男性の声があざ笑う。

「じゃあ、閉店までにお店を宣伝してお客さんで溢れさせてみせてください」

この余裕が、余計に私を熱くさせる。

「閉店まで、なんていりません。一週間で十分です」

電話を切る頃には、私は息を切らしていた。顔を擦ったら少しだけ手の甲が濡れて、涙目になっていたことに気づく。

無理にサインさせたどころか、おばあちゃんのことを傷つけていたなんて。許せない。そしておばあちゃんの孤独に気づけなかった自分も、このままでは許せない。歯を食いしばる私の頬に、フクの毛がふわっと触れた。

「詩乃」

「大丈夫、泣いてない」

「当たり前だ、泣いてる場合じゃない。今のむかつく会社、見返してやろうぜ」

ちょっと感情的になりすぎた。たとえ宣言どおりお客さんで溢れさせることができたとしても、合意を解消してもらえるとは思えない。でも、このまま負けたくもない。おばあちゃんをひとりにしてしまった私は、今こそおばあちゃんのために戦わなくてはならない。それがせめてもの贖罪だ。

「絶対、思いどおりになんかさせない」

掠れる声で宣言すると、合意書を握る手に力が入った。でも手が震えている。ひとつ深呼吸をすると、ポコ、と携帯にメールのポップアップが表示された。岬さんからだ。

「やっほー、詩乃ちゃん。お店、今日は休み？」

私は携帯の画面の時計を見て、ハッとなった。開店時間を過ぎている。

「もしかしてもう来てる!?　ごめんなさい、岬さん！」

思いのほか長電話してしまった。私は転がるように立ち上がり、エプロンをかけながら店の暖簾を潜った。雨のせいで暗い店内に明かりを点け、店の入り口の鍵を開ける。

扉を押し開けると、傘を差した岬さんがいた。

「おおっ、おはよう。開店と同時に来ちゃった」

岬さんはちょっと驚いたあと、にへっと笑って手を胸の高さに上げた。その屈託のない笑顔を見たら、胸がぎゅうっと締め付けられて、堪えていた感情がたちまち溢れてきた。

「……岬さん……！」

いきなりぼろぼろ泣きだした私に、岬さんは少したじろいだ。が、なにも聞かずに傘を置き、私を抱きしめてくれた。

「編京開発？　めちゃくちゃ評判悪い悪徳不動産屋じゃん」

岬さんを店に招きいれ、事情を話した。彼女はカウンターに肘をつき、真っ先にそう言った。

「うちがガラス製品を卸してる店に聞いたことがある。取引あったとき、すごく横柄だったたって。界隈では結構有名っぽいよ、悪い意味でね」

からっとした話しかたで、彼女は続けた。

「で。おばあちゃん、そんなのに脅されてお店諦めることになっちゃったわけ？」

「そうっぽい、です」

後半は、ため息で掠れた。

「編京開発の人、おばあちゃんを傷つけるようなこと言って無理に納得させたんです。おばあちゃんは今はもう開き直ってるみたいに言ってましたが、たぶん、内心じゃ後悔してるはずです」

「でしょうね。この店、そんな理由で潰れるべきじゃないもん」

岬さんが腕を組み、店を見渡した。

「こんなにいい店なのに、なくなっちゃうなんてもったいないなと思ってたのにさ。なくなる理由がそんなので、最近ここを知ったばかりの私でも納得できないよ」

岬さんがこう言ってくれるのは、嬉しくもある。彼女は真剣な顔で言った。

「合意書、脅されてサインしたんなら撤回できるんじゃない？　弁護士に相談してみなよ」

「そっか……けど、店の持ち主であるおばあちゃんがああも無気力だと、私が勝手に動いていいものか微妙ですね……」

店の権利が私にあるわけではない。おばあちゃんに撤回する気がないなら、どうしようもないのだ。岬さんはうーんと、難しい顔で唸った。

「たしかにそれはそうだね。おばあちゃん、本音じゃ不本意だとしても、表面上は納得したことにしてるんだもんね」

やはり私は、不運だ。大好きなこの店がこんな終わりかたをする。それだけでも悲しいのに、自分にはなにもできない。自分の無力さが悔しくて、腹が立つ。

「私、お店とおばあちゃんをバカにされたのが悔しくて、一週間で繁盛させてみせるって宣言しちゃったんです。なんかこう、『今はまだ本気出してないだけ』みたいな言いかたしちゃったんだけど、でも、本当にそうだと思うから」

思い出すと気持ちがぐちゃぐちゃになって、言葉に詰まってしまう。たどたどしく話す私に、岬さんはこくこく頷いた。

「そうだね。実際、宣伝して店の魅力が伝われば、ここはもっと人気の店になると思う」

「人気になっても、意味ないかもしれないけど」

唇を噛む私の肩を、岬さんは元気よく叩いた。

「そんな凹《へこ》んだ顔しないでよ。この店にお客さんがいっぱい来て人気店になれば、案外本当に話が変わるかもしれないじゃん？　仮にこれで終わりになっちゃったとしても、最後まで詩乃ちゃんがこのお店を大事にしてるのは、おばあちゃんも嬉しいと思うよ」

明るい口調だったが、どこか諦めめいた言葉だ。私は返事をしようとして、なんと返したらいいかわからずただ下を向いた。岬さんは名残惜しそうに店内を回ったあと、最後にもう一度私に笑いかけ、店を後にした。傘を広げる彼女を扉の隙間から見送り、私はまた、ため息をつく。暗い顔の私に、カウンターにいたフクが声をかけてくる。

「この店を人気店にしてやるって言ったけど、どうやって人気店にするんだ？」

「ええと……そうだね、なにも考えてなかった」

口では威勢のいいことばかり言っておいて、これである。私は自分で自分が情けなくなった。こんなことでは編京開発を見返せないし、話を聞いて元気づけてくれた岬さんをがっかりさせてしまう。

自己嫌悪で悶々としていると、ふわりと、精霊が私の手元にやってきた。薄紫色のウサギだ。この子は、たしか。

「チャロアイトのウサギだ」

この子は、私がこの店に来たばかりの頃にも、こうして私のところへ漂ってきた。まだいろんなことに手探りだった私を、応援してくれた。

そうだ、この店にはこんなにたくさんの精霊がいる。私の味方は、こんなにいる。そう考えたら、炎がついたみたいに気持ちが乗ってきた。

「まずは広告を出す。店の存在自体を知らない人に、知ってもらうところから」

宣言だけして見切り発車だったが、止まるわけにもいかない。私はスケッチブックにラフを描いて、店のチラシを考えた。店名と地図を入れて、店のコンセプトを簡潔に伝える。

「これを清書したらプリントサービスに頼んでたくさん印刷する。印刷費用はなるべく抑えたいけど、この店はパワーストーンの雑貨の店だから、石のきれいな色が伝わった方がいいよね。ここはケチらないで、いちばん高画質のきれいな印刷で発注する」

携帯のカメラで、店の写真を撮る。まず、店の内装全体だ。精霊がふよふよ漂う店内にカメラを向けて、気づく。目に見える精霊たちだが、携帯の画面には精霊は映り込まない。興味本位でフクもカメラを通して見てみたが、カウンターが映るだけでそのふわふわな白い毛玉は映らなかった。

「……新発見だ」

「なんだよ」

フクが気だるげに尻尾を振る。

気を取り直して、次に商品をアップで写す。石の色や光の反射がきれいに写るように、照明の向きに気を使って、いろんな角度からシャッターを切る。ぴょこんと顔を出す精霊たちがかわいくて、つい写したくなるが、この子たちは写真に残ってくれない。

岬さんと作ったものも載せて、コラボについて触れてもいいかもしれない。私が作ったものも撮ろうとカメラを向けたが、不恰好で広告向きではないのでやめた。

「で、近所の家にポスティング。ターゲットは、占いやかわいい雑貨が好きな層。麻衣ちゃんみたいな学生さんがメインかな。学校の近くの一軒屋、アパートを中心に配ろう」

さくさく作業している私に、フクがふうんと感嘆する。

「なんか、手際いいな」

「でしょ。前の会社で雑務ばっかりしてたから、裏方仕事には慣れてるの」

ポスティング要員に駆り出されることは何度かあったから、広告会社の作るチラシがどんなデザインだったか、よく観察していた。皮肉にも、苦い経験が役に立っている。

広告に載せる写真は、アクセサリーから文房具、小物入れまで、幅広く撮った。色もばらつかせて、飽きがこないように配置するつもりだ。それらの写真と睨めっこして、私は小さく唸った。

「ねえフク、どれ載せるのがいいと思う?」

「どれもいい。全部、叶子の心の籠った作品だからな」

「そうなんだけど、今はそうじゃなくて。この店を全然知らないお客さんが、ぱっと目にして実物を見たい、欲しいって気持ちになる雑貨を選ばないといけないの」

おばあちゃんの雑貨は、どれもきれいだ。生き物のモチーフもかわいい。種類も豊富である。ただ、雑貨の写真をたくさん並べると、どれも〝同じ味〟に見えてしまうのだ。

「もっとこう、ぐっと目を引きつけるものがあればいいんだけど……」

なにかひとつ、アクセントがほしい。それはわかるのに、その先が思いつかない。ある素材を組み合わせればまあまあ馴染むだろうが、アクセントがあればもっとよくなるとわかっているのだから、妥協はしたくない。

悩んでいると、店の扉が開いた。お客さんかと思ったら、青嶋さんだ。

「よ、詩乃ちゃん。叶子さんとは話はついた？」

昨日ほどの鬼気迫る顔ではないが、いつもほど元気でもない。私は彼を見上げ、真剣に切り出した。

「ちょうどいいところに来てくれました。青嶋さん、新商品の相談に乗ってください」

「おっと、どういう風の吹き回し？」

青嶋さんは驚きながらも、嬉しそうに詰め寄ってきた。

「相談には喜んで乗るよ。どうしたの？」

「この店の広告を作るにあたって、目玉になるような雑貨を作りたいんです」

私は結論から伝え、それから諸々の事情を説明した。おばあちゃんが仕方なしに立ち退きに合意していたこと、相手の会社を見返してやりたくて啖呵《たんか》を切ったこと。そのために、最後の最後とわかっていても、店を立て直したいこと。青嶋さんは、私の子供っぽい悪足掻きをすんなり受け止めた。

「それはひと泡吹かせてやらなきゃ気が済まないな。そのための集客か、把握した」

腕を組んで何度も頷き、青嶋さんは真剣な顔で言った。

「叶子さんの雑貨は洗練されてるから、それと方向性が違うものがいいよな。なおかつ統一のテーマである石と生き物は取り入れて……ってことでしょ？」

「そう、そうです！　それが言いたかった」

頭の中にあったけれどうまく言葉にならなかったことが、青嶋さんの表現ですっとまとまった。

「ターゲットはかわいいものやきれいなものに惹かれる人かなと思ってます。そういう人が欲するもので、ぐっと目を引くものを作りたいんです」

「うーん、ぬいぐるみマスコットとかは？」

青島さんは、結構さらっとした口調で提案した。

「この店って、きれいな雑貨は多いけどふわっとしたぬいぐるみはないだろ。そういうのがひとつ、ぽんっと交じってたらアクセントになると思う」

「あっ……！」

なんだか一気に、視界が拓《ひら》けた気がした。

「そっか。ぬいぐるみの中でも、鞄とか携帯につけられるくらいの大きさのマスコットなら、出先でも持ち歩けますね。パワーストーンをつければ、それを身につけられる」

「そうそう。なんたってかわいいしさ」

すごい。どんどんイメージが膨らんでいく。私は思わず、青嶋さんの手を握り締めた。

「ありがとうございます！」

「ははは。こっちも濱田を懐柔してもらったし、困ったときはお互い様」

営業マンである彼の協力は、すごく心強い。私は彼の手を離し、スケッチブックにメモを書いた。今出たアイディアを、新鮮なうちに書きとめておく。青嶋さんは私を眺め、さらに付け足した。

「あとさ。お客さんを集める目的だったら、閉店セールみたいのやったらいいかもね。赤字覚悟で全品割引にするとか、比較的安価な商品はほかの雑貨のおまけにするとか。あ、詰め合わせにして福袋にしちゃうのもいいかもね」

「アイディアたくさん持ってますね……！」

「うちの会社が決算の前にやるやつ」

青嶋さんが冗談ぽく添える。それから、あ、と真顔になった。

「でもやっぱ、〝閉店〟セールってつけるのはやめよう」

「そうですね。私も、〝閉店〟に屈したくないです」

強気に頷くと、青嶋さんはくすっと吹き出した。

「だよね。『お客様感謝キャンペーン』なんてどう？」

「それいいですね」

メモに青嶋さんの提案を書き足す。彼は満足そうに私の字を一瞥し、踵を返した。

「そんじゃ、必要な材料は弊社に注文してね。石とかストラップとか、そういう素材ならいくらでも提供するよ」

「はい、よろしくお願いします」

この人がいてくれてよかった。心からそう思う。青嶋さんは店の扉の前で、ぴたりと立ち止まった。

「なんか、こんなこと言うのも変だけどさ」

「はい？」

「詩乃ちゃん、変わったよね。最初の頃は全然、手作りする気なさそうだったのに、今こうやって、自主的になにか作って、店のために戦おうとしてるのがさ……嬉しい」

こちらを振り向いて、彼は手を振った。

「なんて、詩乃ちゃんは気が気じゃないのに喜んでてごめんな！　じゃ、頑張ってね」

見慣れた晴れやかな笑顔を残し、青嶋さんが扉を閉める。雨音と傘を開く音がして、水たまりを踏む足音が遠ざかる。

私も、同じ気持ちだ。今のこの状況は完全な逆境だし、こういう目に遭いがちな自分に虚しくなってはいる。でも、青嶋さんや岬さんみたいな人たちと出会えた喜びを実感できて、自分の作るものがなにかを変えるかもしれない期待で、どきどきしている自分もいる。

カウンターにいたフクが、ゆらりと尻尾を振った。

「ちょうどいい営業がいて助かった。運がよかったな」

「運……ははは、そう言われてみればそうかもね」

布団を干した日に雨が降っても、すぐに気づいて回収できた。イヤーカフを落としたけれど、無事に見つかった。前の会社で思うような仕事ができなかったけれど、今、活かされている。転職したから、この町の人たちに出会えた。裏を返せばいつも私は、幸運だったのかもしれない。

頰を緩ませる私を見上げ、フクが耳をぴくんと立てた。

「当たり前だろ。白水晶の精霊の俺がついてんだ。詩乃が不運なはずがない」

堂々と言ったあとで、フクはぷいっとそっぽを向いた。

「詩乃がすごいんじゃなくて、俺がすごいんだからな」

フクの天邪鬼は、もうムッとするのを通り越してかわいく見える。

「ありがと、フク」

耳元で、イヤーカフがチャリッと鳴る。私にはフクがいる。おばあちゃんが私にくれた、幸運の石がついている。だから、きっと大丈夫だ。


その夜、私はおばあちゃんの工房に入って大きく深呼吸した。

接着剤や樹脂の独特の匂いが染み付いた空気が、鼻腔を擽る。この場所に来ると、感覚が研ぎ澄まされるような気持ちになる。

作業台にスケッチブックを置くと、その横にトンと、フクが降り立った。

「ぬいぐるみのイメージ、どこまで固まってんの？」

「それが、まったく」

スツールに座って、ペンをくるくる回す。

「最初はいろんな生き物のぬいぐるみにしようと思ったの。でも種類が多いと型紙や材料を用意するのに時間がかかるし、そもそも私はそんなに器用じゃない。一種類に絞った方がいいかな、ってとこまでは考えた」

「ふうん。問題は、なんのぬいぐるみにするかだな」

シンプルにテディベアでもいいが、店にいるウサギや犬の精霊を思い浮かべるとそれもいいなあと迷ってしまう。精霊の姿は、石の意味に近いシンボルの生き物になる。ならば、ぬいぐるみも縁起のいい生き物にしたい。

スケッチブックの隣のページには、昨日落書きしたフクの絵がある。丸っこいフォルムにふにっとした耳、ふさふさな尻尾、我ながらなかなか特徴を捉えている。

悶々と考えていると、痺れを切らしたフクが尻尾で作業台を叩いた。

「早く決めろよな、時間ないんだぞ。一週間でケリつけるって豪語したの、詩乃なんだからな」

「そんなこと言うならフクも少しは考えてよ」

「知らない。詩乃の好きな生き物にすればいいんじゃね」

フクは愛想なく言って、ころんと丸まった。そのまま寝てしまいそうだ。白い大福になってしまったフクの背中に、私は苦笑いした。

「アドバイスが雑だな……」

ふんわりした白い毛が、フクの呼吸に合わせて上下する。尻尾を軽く揺らし、眠そうに耳を震わせる。私はフクの小さな頭を指で撫でて、頬杖をついた。

生意気言わなければかわいいのに……とも思うが、生意気で理不尽なところも含めて、フクは面白い。最初こそどうしたものかと扱いに困ったが、案外チョロいし、慣れてくればかわいいものである。こんなに面白い生き物なのに、私とおばあちゃんにしか見えないなんてもったいない。

やわらかい毛から指を離して、私は小さく、あ、と呟いた。

「これだ」

急にひらめいた。体に電撃が走って、いても立ってもいられないような衝動に駆り立てられる。岬さんと、共同制作の話題が出たときと同じ感覚だ。

手のひらに収まるほどの小さな白猫、スケッチブックの落書き。

私はペンを握り直し、スケッチブックにペン先を付けた。フクがむくっと顔を上げる。

「……決まった？」

眠たげな声で言って、フクはまた、ぱふっと尻尾を揺らした。

＊　＊　＊

その翌日、店は定休日。私は朝からおばあちゃんの病院に向かい、頭を下げた。

「勝手に話を進めてごめんなさい。でも、私、どうしても許せなくて」

相手の業者と喧嘩したことも含め、今の事態を説明する。いろいろあったのに事後報告になってしまったが、おばあちゃんは少し困り顔で笑っただけで、私を咎めはしなかった。

「もう。決めたことなんだから怒らなくてもいいのに。詩乃ちゃんはせっかく優しい人なのに、怒ったら台無しよ？」

苦笑するおばあちゃんの横では、ユウくんがはらはらと私たちを見比べている。私は少し、語気を強めた。

「おばあちゃんが怒らないから、私が代わりに怒ったんだよ」

編京開発に対して感情的になってしまったが、それ自体は全然後悔していない。

「嫌なことは嫌って、ちゃんと言わなきゃ。じゃないと、優しくない人に好き勝手にされる。おばあちゃんみたいな人が傷つけられて、そんなの許せるほど私は大人じゃないよ」

私が淡々と言うと、おばあちゃんは少したじろぎ、半開きにした口からなにか言おうとした。が、私はそれを待たずに詰め寄る。

「おばあちゃんが諦めてるなら、合意は撤回できないかもしれない。でも私は、最後の悪足掻きとしてあの会社の人に『ゆうつづ堂』がすごい店なんだって、見せつけてやりたい。それくらいはいいよね？」

そして、持ち込んだスケッチブックを広げて見せた。

「私、これを作りたい。これに賭けたいと思ってるの」

描かれたエスキースを見て、おばあちゃんが息を呑む。ユウくんもその絵を覗き込み、目を丸くした。私の肩の上では、フクが決まり悪そうに尻尾をゆらゆらさせている。私は、改めておばあちゃんの目を見つめた。

「でも私だけじゃ作れない。おばあちゃんと一緒に作りたいの」

おばあちゃんが私を見上げる。そのあどけない少女が宝物を見つけたような瞳が、私を射貫く。おばあちゃんは、ふわりと目を細めた。

「いいわ。なにからお手伝いしましょうか？」

＊　＊　＊

それから三日間、私は今までにないくらい慌しい日々を送った。病院を出てすぐに手芸店に向かい、必要な材料と道具を買い揃えた。おばあちゃんの協力を仰いで描いた型紙を元に、『ゆうつづ堂』のカウンターで布を切り抜き、手縫いで生地を繋ぎ合わせる。中途半端だった広告も、写真を足して完成させている。印刷会社の仕事は速く、注文した翌日には箱に入ったチラシが店に到着した。この広告を近所に配り、店に戻って針仕事、お客さんが来たら対応する。店を閉めたら帳簿をつけ、また広告を配りに少し遠くまで足を伸ばし、夜は工房で針仕事の続きをする。そんな日々が続いた。体には疲れを感じるが、不思議と飽きがこないし嫌気も差さない。

日中縫い物をしていると、部活帰りの麻衣ちゃんが友達を連れて入店してきた。

「やっほー詩乃さん！　あ、なんか作ってる！」

「こんにちは。これはね、新商品だよ」

「へえ。なにができるの？　なんのぬいぐるみ？」

カウンターに駆け寄ってくる彼女には、スケッチブックのエスキースは見せない。

「さあ。できてからのお楽しみ」

「なんだろう！　いつからお店に並ぶの？　いつ買える？」

目をきらきらさせる彼女のポニーテールには、ファイアオパールとローズクォーツが輝く。周辺をぱたぱた舞う鳥は、最初に目にしたときより色鮮やかに見えた。

「明後日には置けるかな。待っててね」

私が糸を引っ張りつつ言うと、麻衣ちゃんはおお、と感嘆した。

「明後日か。夏休み最終日だね」

「そうなの？」

「うん。うちの学校以外も、この辺の学校はどこも明後日までかな」

夏休みが終わる、夏が、終わる。おばあちゃんがこの店を閉めるのは、夏の終わりだと言っていた。つい、手が止まった。着実に近づいてくるクライマックスが、私を物悲しくさせて、同時に焦燥を駆り立てる。私は再び、針を生地に刺した。

「それじゃ、夏休みの最後の日はぜひご来店を」

「もちろんだよ！　詩乃さんがなに作ってるのか、気になるもん」

麻衣ちゃんは友達とお揃いでストラップを買って、店を後にした。静けさが戻った店内で、私は奥歯を噛む。このぬいぐるみが店に並んで、それで店にどれほど影響があるかはわからない。それでも、今は目の前にあるものに集中するだけだ。

袋状に縫い合わせた布を、鉗子《かんし》でひっくり返す。内側に向いていたふわふわな毛が露出し、指先を擽る。作っておいたパーツ全てを同じように裏返して、鉗子で綿を詰めていく。また針を通して、内側に向かって縫い、綿がはみでないようにきれいに綴じる。

まん丸な頭に耳を縫いつけ、目打ちでくりっとした目を付ける。目があるだけで一気に生命が宿ったように見えて、作業に熱が入る。

「よし、かわいい」

呟くと、寝そべっていたフクがちらっとこちらを向いた。私は作りかけのぬいぐるみをフクの目の前に突き出した。

「ほら見て、なかなかかわいくできたよね？」

「……まあまあ」

フクから高評価をいただいたところで、ばらばらだったパーツを繋ぎ合わせていく。

ふいに、針の先で指を突いた。

「痛！　もう、何回目!?」

「不器用だなあ」

フクがにやっと口角を上げる。私はその生意気な口を指先でつついた。

「集中力が切れてきただけ」

多少の失敗は、なんのそのだ。とにかく今は、このぬいぐるみを完成させる。そしてこの店を愛してくれた全ての人への、恩返しをするのだ。

＊　＊　＊

「わあ！　かわいい！」

傘を叩く、雨の音がする。その雨音の隙間を縫って、店先で麻衣ちゃんの歓声が響く。一緒にいる彼女の友人たちも、目を輝かせていた。

「お揃いで鞄につけようよ。私、このピンクのリボンの子にする！」

「じゃあ私はこっちの水色の！」

私は、運が悪い。キャンペーン初日という特別な日に、雨に見舞われるのだから。

こんな天気なのはあいにくだが、これればかりは仕方ない。私は事前に計画していたとおり、店の前にワゴンを出した。雨避けのテントも立てて、その下にちんまりとワゴンを置く。そこにびっしり並んでいるのは、私がこつこつ作り上げた新商品。ふわふわの白い毛並みに三角の耳、タヌキみたいな尻尾、くりっとした生意気な目。そのうちひとつを手に持って、麻衣ちゃんが私を横目に見た。

「すっごくかわいい。この子、猫？　タヌキ？　大福？」

「えーっとね」

私はくすっと吹き出し、自分の肩の上から垂れた白い尻尾を一瞥した。

「幸運の精霊、かな」

ぬいぐるみの名前は、『ふく』だ。これのモデルは今、私の肩で不機嫌そうに尻尾を振っている。大きさも大体同じくらいで、フクがワゴンに入ったらどれが本物か見分けがつかなくなりそうだ。ただ、本物のフクとぬいぐるみの大きな違いは、ぬいぐるみの首には蝶々結びのリボンが縫い付けられていることである。

麻衣ちゃんは楽しげにぬいぐるみを見比べた。

「家に入ってたチラシ見て、真っ先にこのぬいぐるみの写真が目に入ったよ。ひと目惚れしちゃった。しかも実質無料！」

そうなのだ。このぬいぐるみ『ふく』は、お客様感謝キャンペーンのプレゼントなのである。店の商品を千円以上お買い上げで、『ふく』が一匹ついてくるのだ。このサービスはポスティングした広告にも大きく目立たせて、お客さんの目を引きつけている。

麻衣ちゃんは友人たちが選んだぬいぐるみを見て、あっと声を漏らした。

「ひとつひとつ、タグがついてるんだね。ええと……『モルガナイト・恋愛運向上の石』だって」

首につけた彩り様々なリボン、その真ん中には、パワーストーンのルースがぶら下がっている。その石を簡単に紹介したタグを、ぬいぐるみひとつひとつにつけたのだ。

「幸運の精霊、かな」

これは、おばあちゃんのアイディアである。

石があしらわれているので、ぬいぐるみにはそれぞれ精霊が宿っている。それもやはり大きさも顔もフクそっくりなずんぐりした猫たちで、石の色に沿って僅かに毛色が異なっている。この子たちはフクとは違い、立体感がなくふよふよしており、ぬいぐるみを選ぶ少女たちの周りを近づいたり離れたりしていた。

麻衣ちゃんが友人たちと盛り上がっている。

「こっちの青い石はブルーレースアゲートっていうんだね。ねえ、勉強運の石ってある？」

「それならこっちのじゃない？」

盛り上がる彼女たちの声を聞いて、買い物帰りらしき通行人がこちらを眺めている。その人も店に近づいてきて、興味深そうにぬいぐるみを見ていく。

麻衣ちゃんたちはそれぞれお気に入りのぬいぐるみを選ぶと、お揃いで鞄につけた。

帰り際に、麻衣ちゃんが私に笑いかける。

「この子、明日から学校にも連れてく。クラスの皆に自慢するね」

「ふふ、ありがとう」

彼女らのあとにも、チラシを持った人が訪れ、通りすがる人がワゴンの中を覗き込んだ。今日は雨にもかかわらず、いつもよりお客さんの出入りが多い。初めて来るお客さんの中には、ぬいぐるみのタグを見てパワーストーンに興味を持ってくれる人もいた。店の雑貨を面白そうに眺めて、買っていく。この手ごたえに、無意識のうちに口角が吊り上がった。

店先に新たなお客さんがやってきた。小学生くらいの男の子と、それよりちょっと歳上の女の子だ。

「姉ちゃん、あったよ！　この前のマルシェで、僕がブレスレット買ったお店！」

見覚えがあると思ったら、以前の小さなお客さんだ。彼は私を見上げ、元気よく手を振り上げた。

「僕たち、郵便受けに入ってたチラシ見て来たんだよ。ブレスレット買ったお店、どこなのかわかんなかったけど、チラシに地図が入ってたからようやく来られたんだ」

私が配ったチラシを握り締め、少年が笑う。後ろに立つ女の子の手首には、シルクシフォンリボンのブレスレットが、僅かに雨で濡れている。

その日の午後には、岬さんが様子を見に来た。

「へえ。結構、成果出てるじゃん！」

ちょっとした見物のつもりだったようだが、ぬいぐるみをまじまじと見て、彼女も雑貨を買ってお気に入りの一匹を連れて帰っていった。

行列ができる、というほどではないが、この店にしてはお客さんが絶えない。私自身もくるくる動き回り、その慌しさが心地よくもあった。

ふいに、お客さんのひとりが私を呼び止めた。

「すみません、この青い石、どんな意味があるんですか？」

「あー、えっと……ちょっとお待ちください」

私は返答に詰まり、カウンターから『鉱石辞典』を引っ張り出そうとした。が、その背中に、耳に馴染んだ優しい声が響いた。

「ラピスラズリ。邪気を撥ね除ける、幸運を招く石よ」

この穏やかな声に、私は一瞬硬直した。どうして今ここで、この人の声がするのか。

振り向いて、私は肩の上のフクと一緒に口をあんぐりさせた。

「おばあちゃん!?」

「叶子!?」

そこにいたのは、ほかでもない。この店の店主、松葉杖をついたおばあちゃんだったのだ。

「どうしてここに？　病院は!?」

びっくりして声が裏返る。私をおかしそうに眺めるおばあちゃんの背後から、ユウくんがぴょこっと顔を出した。

「フクのぬいぐるみがお店に並ぶ日だから、わがまま言って病院から外出許可をもらってきました」

店の外に、病院から同行してきた付き添いのスタッフが車を停めているのが見える。いたずらっ子みたいな顔でにこにこしているおばあちゃんに、私は慌てて椅子を勧めた。

「せめて事前に連絡してよ。足は大丈夫？　無理に立ってないで、奥で座ってて」

おばあちゃんがカウンターに入ると、店にやって来たお客さんの何名かが、おばあちゃんを見るなり駆け寄っておしゃべりに花を咲かせていた。この人たちは「早くよくなってね」と語りかけるだけでなく、雑談や近況報告からちょっとした相談事まで、長居して話していく。おばあちゃんに聞いてほしい話が積もっていたのだろうと、傍らで聞く私にもひしひし伝わってきた。こんなにも愛されるおばあちゃんは、それだけこの人たちとの縁を大切にしてきたのだろう。店内を漂う精霊たちを見て、思う。精霊は人が人を思いやる心の形。おばあちゃんがひとりひとりのお客さんと大切に向き合ってきたから、この店にはこれほどの精霊が生まれ、人が集まってくる。

私も、この店でいろんな人に出会った。真摯に相談に乗ってくれる青嶋さん、励ましてくれる岬さん、繰り返し来てくれるお客さん、誰が欠けてもいけない。思えば、精霊だってそうだ。大切にすればするほど、その想いに応えてくれる。寄り添ってくれるのはいつだって、大切にしてきた身近な人やモノなのだ。

私はカウンターに腕を載せ、尻尾を振っているフクの背中に唇を近づけた。

「フク、ありがとう」

急にお礼を言われるとは思わなかったのだろう。フクは耳と尻尾をぴんっと立てて、びっくり顔でこちらを向いた。

「え、な、なんだよ」

「いやあ、なんとなく。なんだかんだ言ってフクはいつも私と一緒にいてくれたし、口は悪いなりに励ましてくれたでしょ。ぬいぐるみを作るのが楽しかったのも、私がフクのこと大好きだからなんだよ」

こそっと、小さな声で伝える。フクはしばし呆然としていたが、やがてぺたんと耳を倒した。

「なんなんだよ……俺、詩乃にずっと意地悪ばっか言ってたのに」

フクの声が、少し震える。

「俺の方こそ、詩乃にありがとうを言わないとならない。このお店を守ろうって頑張ってくれて、ありがとう」

なんだ、素直にもなれるんじゃないか。私はつい吹き出して、フクのふわふわな頭を撫でた。

「イヤーカフ、もうなくさない」

「当たり前だ。また忘れたら、承知しないからな」

私には運がない。たぶん、幸運の女神から見放されている。でも、神様なんて知らない。たとえ運がなくたって、私には支えてくれる人がいる。そばで見守ってくれる、白水晶がある。だからどんなにつらくても、何度だって立ち直れる。とびきりの不運だったとしても、決して、不幸ではないのだから。

お客さんがぬいぐるみを胸に押し付けて、大事そうに抱えて帰っていく。その嬉しそうな横顔を、おばあちゃんは優しい目で見つめていた。

「『ゆうつづ』は、夜空に輝くいちばん星のこと」

おばあちゃんが、ぽつりと口をついた。

「いちばん星……この店に来たお客さんが、誰かのいちばん星になれるように。このお店が、誰かにとってのいちばん星でいられるように。そういう願いを込めて、この店を『ゆうつづ堂』と名づけたわ」

彼女の横には、静かにまばたきをするユウくんが寄り添い、私の肩の上ではフクがおばあちゃんを見つめている。店内を賑わすお客さんを見つめ、おばあちゃんは言った。

「忘れかけていたわ。私を含め、この店を好きでいてくれる人がいる。私自身が納得できない形でこの店を終わらせるのは、店を好きになってくれた全ての人に対して、失礼かもしれないわね」

「……おばあちゃん？」

私の声は、掠れて消え入りかけていた。おばあちゃんはゆっくり目を瞑《つむ》り、改めて開いた瞳で私を見上げた。

「取り壊しの合意、まだ取り消せるかしら」

おばあちゃんの口から出たそのひと言に、私はしばらく無言のまま立ち尽くした。そして熱いものが一気に胸にこみ上げてきて、気がついたら、椅子に座るおばあちゃんを勢いよく抱きしめていた。

「よかった……！」

消えそうな声を絞り出す。おばあちゃんは、私の耳元でふふっと笑った。

「とんだわがままおばあちゃんよね。でも、気が変わったんだから仕方ないわ」

私の髪をそっと撫で、一層優しい声で言う。

「大事なことを思い出させてくれて、ありがとう。やっぱり、詩乃ちゃんは私のいちばん星だわ。夜が来ても怖くないように、上を向かせてくれる」

お客さんの楽しそうな声が聞こえる。窓から柔らかな日が差す。扉の外は、いつの間にか雨が上がって、青空が広がっていた。

＊　＊　＊

九月に入った最初の週、いつもどおり営業兼サボりにやってきた青嶋さんが、呆れ顔で切り出した。

「詩乃ちゃん知ってる？　編京開発、次々に契約解除してるみたいだよ」

「え？　あの、取り壊しの話を持ちかけてきた会社ですよね」

私はカウンターでテグスにビーズを通しつつ、彼の顔を見上げた。

外の木からツクツクボウシの声が聞こえる。さわさわ鳴る木の葉が、窓の外で緑色の影を揺らしていた。青嶋さんがカウンターに寄りかかる。

「そうそう。どうもこの店以外ともトラブルが頻発してたらしい。ついにデカイところと大喧嘩して、訴訟問題にまで発展してさ。業績がまずくなってきたから、進んでた取引も軒並み取り消してるんだってさ」

「ああ！　それでおばあちゃんの電話一本で、取り壊しも白紙に戻ったんですか！」

私はすっかり納得し、両手のひらを合わせた。

変だと思ったのだ。私に対してあんなに強気だった編京開発だったが、おばあちゃんが電話をしたら意外とすんなり合意が破棄されたのである。どうやら経営難で新施設どころではなくなっていたようだ。

「なんか気の毒だけど……おばあちゃんに酷いこと言った罰が当たったんですね」

取り壊しの話がなくなったということは、つまり、『ゆうつづ堂』も現状維持である。この店もそんなに経営が豊かなわけではないが、もうしばらくくらいなら続けられる程度の売り上げはある。

なにせ、白い大福みたいな精霊のぬいぐるみが、ちょっと話題になったのだ。麻衣ちゃんたちが学校に持ち込み、彼女らのクラスで人気に火がついたのがきっかけだろう。家族や他の学校の生徒の目にも入り、さらにはインターネットに写真を上げられたりして、『ゆうつづ堂』の名前がじわじわ広がってきたのである。まだまだ店の知名度はささやかなものだが、それでも、以前よりもお客さんが増えた実感はある。

このまま店が続くとしたら、と、私は宙を仰いだ。私はもともと、閉店までの間、おばあちゃんの代わりに店番をするという約束でここにいさせてもらっていた。でも店が存続するのだから、事情は変わった。

次におばあちゃんに会うとき、お願いしてみよう。もう少しだけ、ここにいてもいいかな、と。

店のカウンターにも一匹、ぬいぐるみを飾っている。首には夜空色のリボンがついていて、白水晶が垂れ下がっている。これの隣にフクが寝そべっていると、時々どちらが本物かわからなくなる。

置いてあったぬいぐるみを、青嶋さんがおもむろに手に取った。

「これなあ。大福みたいでヘンテコだけど、こんなのが人気になるんだから世の中なにが起こるかわからないな」

彼のぼやきに、フクが顔を起こして威嚇する。

「あ⁉　なんだと⁉」

「でもまあ、かわいいっちゃかわいいな」

「お前に言われても嬉しくねえし！」

青嶋さんには聞こえていないのに、フクがぎゃあぎゃあ言い返している。この光景がおかしくて、私はふふっと笑いを堪えた。

青嶋さんがのっそりとカウンターから離れた。

「さて、そろそろ仕事に行くかな。叶子さんが退院する日、決まったら教えてね」

「あ、言ってませんでしたっけ？　明後日ですよ」

急に告げた私に、青嶋さんが目を剝く。

「聞いてないよ⁉　急いで退院祝い買わないと！　叶子さんが戻ってくるの、楽しみだな」

青嶋さんは慌てながらも嬉しそうに語尾を弾ませ、店を出て行った。私はさて、と髪を耳に搔き上げる。

「お店の雑貨、結構たくさん売れてるからな。新しいもの、どんどん作らないと！」

指先にチリンとイヤーカフが触れた。もう迷わない。私には、幸運の石、白水晶がある。

おばあちゃんが退院したら、お向かいのお店のマドレーヌを買おう。そしてとっておきの紅茶を入れて、再スタートを祝うのだ。

あとがき

この物語を書きはじめた頃、財布にタイガーアイとカーネリアンを忍ばせてみました。仕事運や金運の石と、成功の石だそうです。私自身、あまりおまじないを信じる性格ではないのですが、それでもちょっと、「いいことありそう」なんて気分が上がってしまうのだから単純なものです。

パワーストーンは、調べていけばいくほど、様々な解釈が出てきます。石の意味の捉えかたそのものにばらつきがあったり、組み合わせによって得られるパワーも資料によって違ったりします。中には、石同士が反発して不運を招いてしまう組み合わせもある、なんて説もあります。

いずれにしても、鉱物は面白いものです。彩り豊かできれいですし、花言葉のように意味を抱えていて、とても魅力的ですよね。意味を調べてもよし、色や形でビビッときたものをフィーリングで選ぶもよし、各々が「好き！」と感じて、大事に身につけられる石が、その人にとっての正解なんじゃないか……と、私は思っております。

また、この物語のもうひとつの柱である「手作り」ですが。こんなものが欲しい、と思ってもまだこの世に売っていないものを、自分の手でオリジナルとして生み出せるというとんでもなく夢のある世界です。世界にひとつだけの、自分だけのひと品が生まれるのです。我が子のように大事にしてしまいますね。

そしてひと口にハンドメイドと言っても、ビーズ、針仕事、粘土、UVレジンなど、とにかく幅が広くどこからでも入れる世界です。

この物語を通して、パワーストーン、そしてハンドメイドに興味を持ってくれる人がいたら、なにより幸甚に存じます。

最後になりましたが、この本をお手に取ってくださった皆様、携わってくださった全ての方々に、心からお礼を申し上げます。またお会いできる日を楽しみにしております。

この物語が、誰かの希望の星になりますように。

植原翠

この物語はフィクションです。
実在の人物、団体等とは一切関係がありません。
本作は、書き下ろしです。

■参考文献
『はじめての大人かわいいアクセサリー』（マイナビ出版）
『もっと幸運を引き寄せる パワーストーン組み合わせ事典』ＣＲ＆ＬＦ研究所
（毎日コミュニケーションズ）

植原翠先生へのファンレターの宛先

〒101-0003　東京都千代田区一ツ橋2-6-3　一ツ橋ビル2F
マイナビ出版　ファン文庫編集部
「植原翠先生」係

ファン文庫

手作り雑貨ゆうつづ堂

2020年9月20日　初版第1刷発行

著　者　　植原翠
発行者　　滝口直樹
編　集　　山田香織（株式会社マイナビ出版）　須川奈津江
発行所　　株式会社マイナビ出版
〒101-0003　東京都千代田区一ツ橋2丁目6番3号　一ツ橋ビル2F
TEL　0480-38-6872（注文専用ダイヤル）
TEL　03-3556-2731（販売部）
TEL　03-3556-2735（編集部）
URL　https://book.mynavi.jp/

イラスト　　前田ミック
装　幀　　木下佑紀乃＋ベイブリッジ・スタジオ
フォーマット　　ベイブリッジ・スタジオ
DTP　　富宗治
校　正　　株式会社鷗来堂
印刷・製本　　中央精版印刷株式会社

 ISBN978-4-8399-7406-0
Printed in Japan

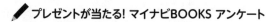